ro
ro
ro

Ernest Hemingway wurde am 21. Juli 1899 als Sohn eines Arztes in Oak Park / Illinois geboren. Nachdem er 1917 vorzeitig die High-School verließ, wurde er Reporter bei einer Lokalzeitung in Kansas City. 1918 ging er mit einer Kolonne des Roten Kreuzes an die italienische Front, wurde verwundet und kehrte nach Kriegsende 1919 in die Heimat zurück. Wenige Jahre später lernte er in Chicago seinen literarischen Lehrmeister, den Dichter Sherwood Anderson, kennen. In den zwanziger Jahren lebte Hemingway für einige Zeit in Paris im Kreise so illustrer Künstlerpersönlichkeiten wie Ezra Pound, Gertrude Stein, James Joyce und F. Scott Fitzgerald. In der darauffolgenden Zeit arbeitete der Schriftsteller auch weiterhin als Korrespondent und berichtete aus dem Nahen Osten und China sowie über den Spanischen Bürgerkrieg. 1954 erhielt Hemingway den Nobelpreis für Literatur. Nach schwerer Krankheit schied der Schriftsteller am 2. Juli 1961 freiwillig aus dem Leben.

Ernest...........
Hemingway........

Der alte........
Mann ....
und das Meer....

Rowohlt Taschenbuch Verlag

Die amerikanische Originalausgabe
erschien im Verlag Charles Scribner's Sons, New York,
unter dem Titel «The Old Man and the Sea»
Einzig autorisierte Übersetzung von
Annemarie Horschitz-Horst
Umschlaggestaltung Beate Becker
Foto: pwe Kinoarchiv Hamburg

12. Auflage Mai 2006

Veröffentlicht im Rowohlt Taschenbuch Verlag,
Hamburg, Juli 1959
«The Old Man and the Sea»
Copyright © 1952 by Ernest Hemingway
Copyright © 1952, 1977 by Rowohlt Verlag GmbH,
Reinbek bei Hamburg
Gesamtherstellung Clausen & Bosse, Leck
Printed in Germany
ISBN 13: 978 3 499 22601 4
ISBN 10: 3 499 22601 4

Für Charlie Scribner und
für Max Perkins

Er war ein alter Mann, der allein in einem kleinen Boot im Golfstrom fischte, und er war jetzt vierundachtzig Tage hintereinander hinausgefahren, ohne einen Fisch zu fangen. In den ersten vierzig Tagen hatte er einen Jungen bei sich gehabt. Aber nach vierzig fischlosen Tagen hatten die Eltern des Jungen ihm gesagt, daß der alte Mann jetzt bestimmt für immer *salao* sei, was die schlimmste Form von Pechhaben ist, und der Junge war auf ihr Geheiß in einem anderen Boot mitgefahren, das in der ersten Woche drei gute Fische gefangen hatte. Es machte den Jungen traurig, wenn er den alten Mann jeden Tag mit seinem leeren Boot zurückkommen sah, und er ging immer hinunter, um ihm entweder die aufgeschossenen Leinen oder den Fischhaken und die Harpune oder das Segel, das um den Mast geschlagen war, hinauftragen zu helfen. Das Segel war mit Mehlsäcken geflickt, und zusammengerollt sah es wie die Fahne der endgültigen Niederlage aus.

Der alte Mann war dünn und hager, mit tiefen Falten im Nacken. Auf den Backenknochen hatte er die braunen Flecken von harmlosem Hautkrebs, den die Sonne durch die Spiegelung auf tropischen Meeren verursacht. Die Flecken bedeckten ein gut Teil seines Gesichts, und seine Hände zeigten die tief eingekerbten Spuren vom Handhaben schwerer Fische an den Leinen. Aber keine dieser Narben war frisch. Sie waren so alt wie Erosionen in einer fischlosen Wüste.

Alles an ihm war alt bis auf die Augen, und die hatten die gleiche Farbe wie das Meer und waren heiter und unbesiegt.

«Santiago», sagte der Junge zu ihm, als sie das Ufer emporklommen, von dem das kleine Boot heraufgezogen wurde. «Ich könnte wieder mit dir fahren. Wir haben groß verdient.»

Der alte Mann hatte dem Jungen das Fischen beigebracht, und der Junge liebte ihn.

«Nein», sagte der alte Mann. «Du bist in einem Glücksboot. Bleib bei denen.»

«Aber erinnere dich doch, wie du siebenundachtzig Tage lang keinen Fisch gefangen hast, und dann haben wir drei Wochen lang jeden Tag große gefangen.»

«Ich erinnere mich», sagte der alte Mann. «Ich

weiß, du hast mich nicht verlassen, weil du Zweifel gehabt hast.»

«Papa wollte es durchaus. Ich bin noch ein Junge, und ich muß ihm gehorchen.»

«Ich weiß», sagte der alte Mann. «Das ist ganz natürlich.»

«Er hat nicht viel Vertrauen.»

«Nein», sagte der alte Mann. «Aber wir haben's, nicht wahr?»

«Ja», sagte der Junge. «Darf ich dich in die *Terrace* zu einem Glas Bier einladen, und dann bringen wir das Zeug nach Hause?»

«Warum nicht?» sagte der alte Mann. «Unter Fischern …» Sie saßen in der *Terrace*, und viele Fischer hänselten den alten Mann, aber er wurde nicht ärgerlich. Einige von den älteren Fischern blickten ihn an und waren traurig. Aber sie zeigten es nicht, und sie sprachen höflich über die Strömungen und die Tiefen, in denen sie ihre Leinen treiben ließen, und das stete gute Wetter und das, was sie gesehen hatten. Die Fischer, die an diesem Tag Erfolg gehabt hatten, waren schon zurück und hatten ihre Marlins ausgeschlachtet und trugen sie, in voller Länge über zwei Planken gelegt, an deren Enden je zwei Männer unter der Last wankten, zur Fischhalle, wo sie auf den Eiswagen warteten, der sie auf den Markt in Havanna bringen sollte. Alle, die Haie gefangen hatten, brachten sie in die Haifischfabrik auf der anderen Seite der Bucht, wo man sie mit einem Tafelblock hochzog, ihre Lebern entfernte, ihre Flossen abschnitt und sie enthäutete und ihr Fleisch zum Einsalzen in Streifen schnitt.

Wenn der Wind von Osten stand, kam ein Gestank von der Haifischfabrik her über den Hafen, aber heute spürte man nur eine leise Andeutung von einem Geruch, weil der Wind nördlich gedreht und dann nachgelassen hatte, und es war angenehm und sonnig in der *Terrace*.

«Santiago», sagte der Junge.

«Ja», sagte der alte Mann. Er hielt sein Glas in der Hand und dachte an lang vergangene Jahre.

«Kann ich rausfahren, um dir Sardinen für morgen zu holen?»

«Nein. Geh und spiel Baseball. Ich kann doch noch rudern, und Rogelio wird das Netz auswerfen.»

«Ich möchte aber gern. Wenn ich nicht mit dir fischen kann, möchte ich dir gern auf irgendeine andere Art helfen.»

«Du hast mir ein Bier bezahlt», sagte der alte Mann. «Du bist bereits ein Mann.»

«Wie alt war ich, als du mich zum erstenmal im Boot mitgenommen hast?»

«Fünf, und du bist beinahe ums Leben gekommen, als ich den Fisch zu früh reinholte und er fast das Boot in Stücke fetzte. Kannst du dich daran erinnern?»

«Ich kann mich erinnern, wie der Schwanz hin und her schlug und knallte und die Ducht zerbrach, und an das Geräusch von den Keulenschlägen. Ich kann mich erinnern, wie du mich in die Vorplicht warfst, wo die nassen, aufgeschossenen Leinen lagen, und an das Gefühl, wie das ganze Boot bebte, und das Geräusch, als du mit der Keule auf ihn losschlugst, wie um einen Baum zu fällen, und an den süßlichen Blutgeruch überall an mir.»

«Kannst du dich wirklich daran erinnern, oder habe ich es dir mal erzählt?»

«Ich erinnere mich an alles, seit wir zum erstenmal zusammen rausgefahren sind.»

Der alte Mann sah ihn mit seinen sonnenverbrannten, vertrauenden, liebevollen Augen an.

«Wenn du mein Sohn wärst, würde ich's riskieren und dich mitnehmen», sagte er. «Aber du bist der Sohn deines Vaters und deiner Mutter, und du bist in einem Glücksboot.»

«Darf ich die Sardinen fangen gehen? Ich weiß auch, wo ich vier Köder bekommen kann.»

«Ich habe meinen von heute übrig. Ich habe ihn eingesalzen in die Kiste getan.»

«Laß mich vier frische besorgen.»

«Einen», sagte der alte Mann. Er hatte seine Hoffnung und seine Zuversicht niemals verloren. Aber jetzt belebten sie sich, wie wenn der Wind aufkam.

«Zwei», sagte der Junge.

«Zwei», stimmte der alte Mann zu. «Du hast sie doch nicht gestohlen?»

«Würde ich tun», sagte der Junge. «Aber diese hab ich gekauft.»

«Danke», sagte der alte Mann. Er war zu einfältig, um sich zu fragen, wann er diesen Zustand der Demut erlangt hatte. Aber er wußte, er hatte ihn erlangt, und er wußte, es war nicht entehrend, und es brachte nicht den Verlust echten Stolzes mit sich.

«Morgen wird ein guter Tag sein, bei dieser Strömung», sagte er.

«Wo fährst du hin?» fragte der Junge.

«Weit hinaus, um reinzukommen, wenn der Wind dreht. Ich will, ehe es hell wird, draußen sein.»

«Ich werde sehen, daß ich ihn dazu kriege, daß er weit draußen fischt», sagte der Junge. «Dann können wir dir, wenn du was wirklich Großes anhakst, zu Hilfe kommen.»

«Er fischt nicht gern zu weit draußen.»

«Nein», sagte der Junge. «Aber ich werde etwas sehen, was er nicht sehen kann, so was wie einen fressenden Vogel, und ihn dazu kriegen, daß er rausfährt, hinter den Goldmakrelen her.»

«Sind seine Augen so schlecht?»

«Er ist beinahe blind.»

«Es ist merkwürdig», sagte der alte Mann, «wo er nie auf Schildkröten Jagd gemacht hat. Das ruiniert die Augen.»

«Aber du bist doch jahrelang vor der Moskitoküste auf Schildkrötenfang gegangen, und deine Augen sind gut.»

«Ich bin ein merkwürdiger alter Mann.»

«Aber bist du jetzt für einen wirklich großen Fisch stark genug?»

«Ich glaube ja. Und es gibt viele Kniffe.»

«Laß uns das Zeug nach Hause bringen», sagte der Junge, «damit ich den Käscher holen kann, um die Sardinen zu fangen.»

Sie hoben das Gerät aus dem Boot. Der alte Mann trug den Mast auf der Schulter, und der

Junge trug die hölzerne Kiste mit den aufgeschossenen, festgeflochtenen braunen Leinen, den Fischhaken und die Harpune mit dem Schaft. Die Kiste mit dem Köder stand im Heck des Bootes neben der Keule, die benutzt wurde, um die großen Fische, wenn man sie längsseits geholt hatte, zu bändigen. Niemand würde dem alten Mann etwas stehlen, aber es war besser, das Segel und die schweren Leinen mit nach Hause zu nehmen, weil der Tau ihnen schädlich war, und obwohl er ganz sicher war, daß ihm kein Einheimischer etwas stehlen würde, fand der alte Mann, daß es eine unnötige Versuchung sei, einen Fischhaken und eine Harpune im Boot zu lassen.

Sie gingen zusammen die Straße hinauf zu der Hütte des alten Mannes und gingen durch die offene Tür hinein. Der alte Mann lehnte den Mast mit dem zusammengewickelten Segel gegen die Wand, und der Junge stellte die Kiste und das übrige Gerät daneben. Der Mast war beinahe so lang wie das einzige Zimmer der Hütte. Die Hütte war aus den zähen Knospenscheiden der königlichen Palme, die *guano* genannt wird, gemacht, und in ihr war ein Bett, ein Tisch, ein Stuhl und eine Stelle auf dem erdenen Fußboden, wo man mit Holzkohle kochen konnte. An den braunen

Wänden der hartfaserigen *guano* hing ein farbiges Bild des Heiligen Herzens Jesu und ein anderes von der Jungfrau von Cobre. Diese Reliquien hatten seiner Frau gehört. Früher hing auch eine kolorierte Fotografie seiner Frau an der Wand, aber er hatte sie abgenommen, weil er sich bei ihrem Anblick zu verlassen fühlte, und sie lag auf dem Bord in der Ecke unter seinem sauberen Hemd.

«Was hast du zu essen?» fragte der Junge.

«Einen Topf mit gelbem Reis und Fisch. Möchtest du etwas?»

«Nein, ich eß zu Hause. Soll ich dir Feuer anmachen?» – «Nein, ich mache es später. Oder vielleicht esse ich den Reis kalt.»

«Darf ich den Käscher nehmen?»

«Natürlich.»

Es war kein Käscher da, und der Junge erinnerte sich daran, wie sie ihn verkauft hatten. Aber sie führten diese Komödie jeden Tag durch. Es gab keinen Topf mit gelbem Reis und Fisch, und der Junge wußte auch dies.

«Fünfundachtzig ist eine Glückszahl», sagte der alte Mann. «Wie würde dir das wohl gefallen, wenn ich einen reinbrächte, der sich ausgenommen auf über tausend Pfund stellt?»

«Ich nehme jetzt den Käscher und geh Sardinen fangen. Willst du in der Tür in der Sonne sitzen?»

«Ja. Ich hab die Zeitung von gestern und werde die Baseballnachrichten lesen.»

Der Junge wußte nicht, ob die gestrige Zeitung auch eine Erfindung war, aber der alte Mann holte sie unter seinem Bett hervor.

«Pedrico hat sie mir in der *bodega* gegeben», erklärte er.

«Ich komm zurück, sobald ich die Sardinen habe. Ich werde deine und meine zusammen aufs Eis legen, und wir könnten sie morgen früh teilen. Wenn ich wieder da bin, kannst du mir vom Baseball erzählen.»

«Die ‹Yankees› können nicht verlieren.»

«Aber ich hab vor den ‹Indians› von Cleveland Angst.»

«Hab du nur Vertrauen zu den ‹Yankees›, mein Junge. Denk an den großen DiMaggio.»

«Ich habe vor beiden, den ‹Tigers› aus Detroit und den ‹Indians› aus Cleveland, Angst.»

«Paß auf, sonst kriegst du's auch noch mit der Angst vor den ‹Reds› aus Cincinnati und den ‹White Sox› aus Chicago.»

«Studier du's und erzähl mir, wenn ich zurück bin.»

«Glaubst du, wir sollten ein Los mit einer Fünfundachtzig für die letzte Ziehung kaufen? Morgen ist der fünfundachtzigste Tag.»

«Das können wir tun», sagte der Junge. «Aber was meinst du zu siebenundachtzig, von wegen deinem großen Rekord?»

«Das kann nicht zweimal passieren. Glaubst du, daß du eines mit der Fünfundachtzig kriegen kannst?»

«Ich kann eines bestellen.»

«Eines. Das macht zwei und einen halben Dollar. Von wem können wir uns das borgen?»

«Das ist einfach. Zwei und einen halben Dollar kann ich mir immer borgen.»

«Ich glaube, das kann ich vielleicht auch. Aber ich will mir lieber nichts borgen. Erst borgt man; dann bettelt man.»

«Halt dich warm, Alter», sagte der Junge. «Vergiß nicht, wir sind im September.»

«Das ist der Monat, in dem die großen Fische kommen», sagte der alte Mann. «Im Mai kann jeder fischen.»

«Ich geh jetzt die Sardinen fangen», sagte der Junge.

Als der Junge zurückkam, schlief der alte Mann auf seinem Stuhl, und die Sonne war untergegangen. Der Junge nahm die alte, wollene Armeedecke vom Bett und breitete sie über die Lehne des Stuhls und über die Schultern des alten Mannes. Es waren merkwürdige Schultern, noch kraftvoll, wenn auch sehr alt, und der Hals war auch noch stark, und die Falten waren nicht so sichtbar, wenn der alte Mann schlief und sein Kopf vornüber fiel. Sein Hemd war so oft geflickt, daß es dem Segel glich, und die Flicken waren durch die Sonne verschiedenartig verblaßt. Der Kopf des alten Mannes war jedoch sehr alt, und wenn er die Augen geschlossen hielt, war kein Leben in seinem Gesicht. Die Zeitung lag auf seinen Knien, und das Gewicht seines Armes hielt sie dort in der Abendbrise fest. Er war barfuß.

Der Junge ließ ihn dort, und als er wiederkam, schlief der alte Mann noch immer.

«Wach auf, Alter», sagte der Junge und legte seine Hand auf das eine Knie des alten Mannes.

Der alte Mann schlug die Augen auf, und einen Augenblick lang kam er aus weiter Ferne her zurück. Dann lächelte er.

«Nun, was hast du?» fragte er.

«Abendbrot», sagte der Junge. «Wir wollen Abendbrot essen.»

«Ich bin nicht sehr hungrig.»

«Los, komm nur essen. Du kannst nicht fischen und nichts essen.»

«Hab ich schon gemacht», sagte der alte Mann und stand auf und nahm die Zeitung und faltete sie zusammen. Dann fing er an, die Decke zusammenzulegen.

«Behalt die Decke um», sagte der Junge. «Solange ich am Leben bin, wirst du nicht fischen gehen, ohne was zu essen.»

«Dann leb du schön lange und sieh zu, daß dir nichts passiert», sagte der alte Mann. «Was gibt's zu essen?»

«Schwarze Bohnen und Reis, gebratene Bananen und etwas Zusammengekochtes.»

Der Junge hatte alles in einem metallenen zweistöckigen Behälter aus der *Terrace* geholt. Er hatte Messer, Gabeln und Löffel in der Tasche, jedes Besteck war in eine Papierserviette gewickkelt.

«Wo hast du das her?»

«Von Martin, dem Besitzer.»

«Ich muß mich bei ihm bedanken.»

«Ich habe ihm bereits gedankt», sagte der Junge. «Du brauchst ihm nicht zu danken.»

«Ich werde ihm das Bauchfleisch von einem

großen Fisch geben», sagte der alte Mann. «Hat er das mehr als einmal für uns getan?»

«Ich glaube ja.»

«Dann muß ich ihm mehr als das Bauchfleisch geben. Er ist sehr aufmerksam gegen uns.»

«Er hat auch Bier mitgeschickt.»

«Ich hab das Dosenbier am liebsten.»

«Ich weiß. Aber dies ist in Flaschen. Hatuey-Bier, und ich bring ihm die Flaschen zurück.»

«Das ist sehr freundlich von dir», sagte der alte Mann. «Wollen wir essen?»

«Ich hatte dich schon aufgefordert», sagte der Junge höflich zu ihm. «Ich wollte nur den Behälter nicht öffnen, bevor du soweit bist.»

«Jetzt bin ich soweit», sagte der alte Mann. «Ich brauchte nur Zeit, um mich zu waschen.»

Wo hast du dich gewaschen? dachte der Junge. Die Wasserversorgung des Dorfes befand sich zwei Querstraßen weiter unten. – Ich muß Wasser für ihn hier haben, dachte der Junge, und Seife und ein gutes Handtuch. Warum denke ich auch an nichts? Ich muß ihm noch ein zweites Hemd und eine Jacke für den Winter und irgendwelche Schuhe besorgen und noch eine Decke.

«Dein Zusammengekochtes ist ausgezeichnet», sagte der alte Mann.

«Erzähl mir vom Baseball», bat der Junge.

«In der American League machten es die ‹Yankees›, wie ich gesagt habe», sagte der alte Mann vergnügt. «Sie haben heute verloren», erzählte ihm der Junge.

«Das hat nichts zu sagen. Der große DiMaggio ist wieder ganz der alte.»

«Die Mannschaft besteht noch aus anderen.»

«Natürlich. Aber er haut sie raus. In der anderen Liga, zwischen Brooklyn und Philadelphia, bin ich für Brooklyn. Aber da denke ich an Dick Sisler und seine weiten Schläge auf dem alten Gelände.»

«Hat nie was Ähnliches gegeben. Er schlägt den weitesten Ball, den ich je gesehen habe.»

«Erinnerst du dich an damals, als er immer in die *Terrace* kam? Ich wollte ihn zum Fischen mitnehmen, aber ich war zu schüchtern, um ihn aufzufordern. Dann bat ich dich, ihn aufzufordern, und du warst auch zu schüchtern.»

«Ich weiß. Das war ein großer Fehler. Vielleicht wäre er mitgekommen. Dann hätten wir die Erinnerung daran fürs ganze Leben.»

«Ich würde den großen DiMaggio gern zum Fischen mitnehmen», sagte der alte Mann. «Man sagt, daß sein Vater ein Fischer gewesen ist. Vielleicht war er so arm wie wir und würde es verstehen.»

«Der Vater vom großen Sisler war niemals arm, und er, der Vater, spielte, als er in meinem Alter war, in den großen Ligen mit.»

«Als ich in deinem Alter war, fuhr ich vor dem Mast auf einem rahgetakelten Schiff nach Afrika, und am Abend hab ich Löwen an den Ufern gesehen.»

«Ich weiß, das hast du mir erzählt.»

«Wollen wir über Afrika oder Baseball reden?»

«Ich glaube, Baseball», sagte der Junge. «Erzähl mir von dem großen John J. McGraw.» Er sagte *Jota* für J.

«Der kam früher auch manchmal in die *Terrace*. Aber er war ungehobelt und barsch und schwierig, wenn er trank. Er hatte außer Baseball auch Pferde im Kopf. Wenigstens trug er jederzeit Listen mit Pferdenamen in der Tasche und erwähnte häufig Pferdenamen am Telefon.»

«Er war ein großer Manager», sagte der Junge. «Mein Vater hielt ihn für den größten.»

«Weil er am häufigsten hier gewesen ist», sagte der alte Mann. «Wenn Durocher weiter jedes Jahr hierhergekommen wäre, würde dein Vater den für den größten Manager halten.»

«Wer ist denn wirklich der größte Manager, Luque oder Mike Gonzalez?»

«Ich glaube, die geben einander nichts nach.»

«Und der beste Fischer bist du.»

«Nein, ich kenne andere, bessere.»

«*Qué va*», sagte der Junge. «Es gibt viele gute Fischer und einige ganz große. Aber niemand wie dich.» – «Danke. Du machst mich glücklich. Hoffentlich wird mir kein Fisch begegnen, der so groß ist, daß er uns Lügen straft.»

«Solch einen Fisch gibt es nicht, wenn du noch so stark bist, wie du sagst.»

«Vielleicht bin ich nicht so stark, wie ich denke», sagte der alte Mann. «Aber ich kenne allerhand Schliche und habe *resolución*.»

«Du mußt jetzt schlafen gehen, damit du morgen früh frisch bist. Ich bring die Sachen in die *Terrace* zurück.»

«Also dann gute Nacht. Ich hol dich morgen früh.»

«Du bist meine Weckuhr», sagte der Junge.

«Das Alter ist meine Weckuhr», sagte der alte Mann. «Warum wachen alte Leute so früh auf? Ist es, um einen längeren Tag zu haben?»

«Ich weiß nicht», sagte der Junge. «Ich weiß nur, daß Jungens wie ich lange und fest schlafen.»

«Ich kann mich daran erinnern», sagte der alte Mann. «Ich werde dich zur Zeit wecken.»

«Ich mag nicht, wenn er mich wecken kommt. Es ist, als ob er mir überlegen ist.»

«Ich weiß.»

«Schlaf wohl, Alter.»

Der Junge ging hinaus. Sie hatten beim Essen kein Licht auf dem Tisch gehabt, und der alte Mann zog seine Hose aus und ging im Dunkeln zu Bett. Er rollte seine Hose zu einem Kissen zusammen und steckte die Zeitung hinein. Er rollte sich in die Decke und schlief auf den anderen alten Zeitungen, die die Sprungfedern des Bettes bedeckten.

Kurze Zeit darauf war er eingeschlafen, und er träumte von Afrika, als er ein Junge war, und den langen goldgelben Ufern und den weißen Ufern, die so weiß waren, daß einem die Augen weh taten, und den hohen Vorgebirgen und den großen braunen Bergen. Jede Nacht lebte er jetzt an dieser Küste, und in seinen Träumen hörte er das Brausen der Brandung und sah die Boote der Eingeborenen durch sie hindurchfahren. Während er schlief, roch er vom Deck Teer und Werg, und er roch den Geruch von Afrika, den der Landwind morgens brachte.

Gewöhnlich wachte er auf, wenn er den Landwind roch, und zog sich an, um hinaufzugehen und den Jungen zu wecken. Aber in dieser Nacht kam der Landwind sehr früh, und er wußte, daß es zu früh in seinem Traum war, und er fuhr fort zu träumen und sah, wie die weißen Höhen der Inseln sich aus dem Meer erhoben, und dann träumte er von den verschiedenen Häfen und Reeden der Kanarischen Inseln. Er träumte nicht mehr von Stürmen oder von Frauen, noch von großen Ereignissen, noch von großen Fischen, noch Kämpfen und Kraftproben, noch von seiner Frau. Er träumte jetzt nur noch von Orten und Gegenden und von den Löwen am Ufer. Sie spielten wie junge Katzen in der Dämmerung, und er liebte sie, wie er den Jungen liebte. Er träumte niemals von dem Jungen. Er wachte einfach auf, blickte durch die offene Tür nach dem Mond und rollte seine Hose auseinander und zog sie an. Er urinierte draußen vor der Hütte und ging dann die Landstraße hinauf, um den Jungen zu wecken. Er zitterte in der Morgenkälte. Aber er wußte, er würde sich warm zittern, und bald würde er rudern.

Die Tür des Hauses, in dem der Junge wohnte, war unverschlossen, und er öffnete sie und ging auf nackten Füßen leise hinein. Der Junge schlief auf einem Lager im ersten Zimmer, und der alte Mann konnte ihn in dem Licht, das von dem schwindenden Mond hineindrang, deutlich sehen. Er nahm behutsam seinen einen Fuß in die Hand und hielt ihn fest, bis der Junge aufwachte und sich umdrehte und ihn anblickte. Der alte Mann nickte, und der Junge nahm seine Hose vom Stuhl neben seinem Bett und zog sie, auf dem Bett sitzend, an.

Der alte Mann ging zur Tür hinaus, und der Junge folgte ihm. Er war verschlafen, und der alte Mann legte ihm den Arm um die Schultern und sagte: «Es tut mir leid.»

«*Qué va*», sagte der Junge. «Ein Mann muß das eben.»

Sie gingen die Landstraße hinunter bis zu der Hütte des alten Mannes, und die ganze Straße entlang im Dunkeln bewegten sich barfüßige Männer, die die Masten ihrer Boote trugen.

Als sie in der Hütte des alten Mannes angelangt waren, nahm der Junge den Korb mit den aufgeschossenen Angelleinen und die Harpune und den Fischhaken, und der alte Mann trug den Mast mit dem zusammengerollten Segel auf der Schulter.

«Möchtest du Kaffee trinken?» fragte der Junge.

«Wir wollen die Sachen ins Boot legen und dann welchen trinken.»

Sie tranken ihren Kaffee aus Kondensmilchdosen in einem Ausschank, den die Fischer frühmorgens benutzten.

«Wie hast du geschlafen, Alter?» fragte der Junge. Er wachte jetzt auf, obwohl es ihm immer noch schwerfiel, aus seinem Schlaf herauszufinden.

«Sehr gut, Manolin», sagte der alte Mann. «Ich hab heute ein zuversichtliches Gefühl.»

«Ich auch», sagte der Junge. «Jetzt muß ich deine und meine Sardinen holen und deinen frischen Köder. Er bringt unser Gerät selbst. Er will nie, daß irgend jemand irgendwas trägt.»

«Da bin ich anders», sagte der alte Mann. «Ich hab dich Sachen tragen lassen, als du fünf Jahre alt warst.»

«Ich weiß noch», sagte der Junge. «Ich bin sofort wieder da. Trink noch einen Kaffee. Wir haben hier Kredit.»

Er machte sich auf den Weg, barfüßig, über die Korallenfelsen zum Eiskeller, wo die Köder aufgehoben wurden.

Der alte Mann trank langsam seinen Kaffee. Das war alles, was er den ganzen Tag über zu sich nehmen würde, und er war sich klar darüber, daß er ihn trinken mußte. Seit langem schon hatte ihn die Esserei gelangweilt, und er nahm niemals etwas zu Mittag mit. Er hatte eine Flasche mit Wasser im Bug des kleinen Bootes, und das war alles, was er am Tag brauchte.

Der Junge war jetzt mit den Sardinen und den beiden in eine Zeitung gewickelten Ködern zurück, und sie gingen den Pfad zum Boot hinunter, spürten den steinigen Sand unter den Füßen und hoben das Boot an und schoben es ins Wasser.

«Mast- und Schotbruch, Alter.»

«Mast- und Schotbruch», sagte der alte Mann. Er paßte die Tauwerksverkleidung der Riemen in die Dollen ein, legte sich gegen den Druck der Riemenblätter im Wasser vornüber und begann im Dunkeln aus dem Hafen herauszurudern. Andere Boote liefen von anderen Uferstellen aus in See, und der alte Mann hörte das Eintauchen und Rucken ihrer Riemen, wenn er sie auch, da der Mond jetzt hinter den Hügeln stand, nicht sehen konnte.

Manchmal sprach wohl jemand in einem der

Boote. Aber in den meisten Booten war es still bis auf das Eintauchen der Riemen. Nachdem sie aus der Hafeneinfahrt heraus waren, verteilten sie sich, und jeder steuerte auf das Stück Meer zu, wo er Fische zu finden hoffte. Der alte Mann war sich darüber klar, daß er weit hinaus wollte, und er ließ den Geruch des Festlandes hinter sich und ruderte in den sauberen, frühmorgendlichen Geruch des Meeres hinaus. Er sah das Leuchten des Golfkrauts im Wasser, als er über den Teil des Meeres ruderte, den die Fischer den großen Tank nannten, weil hier eine jähe Tiefe von siebenhundert Faden war, wo sich alle möglichen Fische einfanden, weil dort durch den Anprall der Strömung gegen die steilen Wände des Meeresgrundes ein Wirbel entstand. Hier sammelten sich Unmengen von Garnelen und Köderfischen an und manchmal an den tiefsten Stellen Schwärme von Tintenfischen, und diese stiegen nachts dicht an die Oberfläche, wo all die wandernden Fische sich von ihnen nährten.

Im Dunkeln konnte der alte Mann das Kommen des Morgens fühlen, und während er ruderte, hörte er einen surrenden Laut, als fliegende Fische das Wasser verließen, und das Zischen, das ihre starr gestellten Flügel machten, als sie in der

Dunkelheit davonsegelten. Er hatte die fliegenden Fische besonders gern; sie waren seine besten Freunde auf dem Ozean. Ihm taten die Vögel leid, besonders die kleinen, zarten dunklen Meerschwalben, die immer flogen und suchten und fast niemals etwas fanden, und er dachte, die Vögel haben ein schwereres Leben als wir, bis auf die Raubvögel und die schweren großen. Warum machte man die Vögel so zart und fein wie jene Meerschwalben, wenn die See so grausam sein kann? Sie ist gütig und wunderbar schön. Aber sie kann so grausam sein, und es kommt so plötzlich, und diese fliegenden, dippenden und jagenden Vögel mit ihren kleinen, traurigen Stimmen sind zu zart für die See.

Er dachte an die See immer als an *la mar*, so nennt man sie auf spanisch, wenn man sie liebt. Manchmal sagt einer, der sie liebt, böse Dinge über sie, aber er sagt es immer, als ob es sich um eine Frau handle. Manche der jüngeren Fischer, die Bojen als Schwimmer für ihre Leinen benutzten und Motorboote besaßen, die sie gekauft hatten, als die Haifischlebern viel Geld einbrachten, sprachen von ihr als *el mar*, was das Maskulinum ist. Sie sprachen von ihr wie von einem Konkurrenten oder einer Ortsbezeichnung, ja selbst wie von einem Feind. Aber der alte Mann dachte immer an sie als an etwas Weibliches, als etwas, was große Gunst gewähren oder vorenthalten kann, und wenn sie wilde oder böse Dinge tat, geschah es, weil sie nicht anders konnte. – Der Mond beeinflußt sie, wie er eine Frau beeinflußt, dachte er.

Er ruderte jetzt gleichmäßig, und es war keine Anstrengung für ihn, da er sich gut innerhalb seines Tempos hielt und die Oberfläche des Meeres bis auf die gelegentlichen Wirbel der Strömung glatt war. Er ließ die Strömung ein Drittel der Arbeit tun, und als es hell zu werden begann, sah er, daß er bereits weiter draußen war, als er es zu dieser Stunde erwartet hatte.

Ich habe die tiefen Tanks eine Woche lang durchgekämmt und habe nichts geschafft, dachte er. Heute werde ich draußen arbeiten, wo die Bonito- und Albacore-Schwärme sind, und vielleicht wird ein Großer bei ihnen sein.

Ehe es richtig hell war, hatte er seine Köder ausgeworfen und trieb mit der Strömung. Ein Köder war in vierzig Faden Tiefe. Der zweite war in fünfundsiebzig, und der dritte und vierte waren unten in der blauen See in hundert und hundertfünfundzwanzig Faden Tiefe. Alle Köder hingen mit dem Kopf nach unten, mit dem Schenkel des Hakens im Köderfisch festgemacht und festgebunden, und der ganze hervorstehende Teil des Hakens, der Bogen und der Widerhaken, war mit frischen Sardinen bedeckt. Jede Sardine war durch beide Augen gehakt, so daß sie eine Halbgirlande an dem hervorstehenden Stahl bildeten. Es gab keinen Teil des Hakens, an den ein großer Fisch herankonnte, der nicht lieblich roch und gut schmeckte.

Der Junge hatte ihm zwei frische kleine Thunfische oder Albacore gegeben, die an den beiden untersten Leinen wie Bleigewichte hingen, und an den anderen hatte er eine große blaue Schustermakrele und einen gelben Stöcker, die schon einmal benutzt worden waren, aber sie befanden sich noch in gutem Zustand und waren von den köstlichen Sardinen umgeben, die ihnen Duft und Reiz verliehen. Jede Leine war so stark wie ein dicker Bleistift und war an einem frischen, saftigen Stock angeschlungen, so daß der Stock bei jedem Zerren oder jeder Berührung des Köders eindippen mußte, und jede Leine hatte zwei Rollen von vierzig Faden, die an den anderen Reserverollen angeschlungen werden konnten, so daß ein Fisch, falls es notwendig werden sollte, über dreihundert Faden Leine herausziehen konnte.

Jetzt beobachtete der alte Mann querab von dem Boot das Eindippen der drei Stöcke und ruderte langsam, um die Leinen auf und nieder und in den richtigen Tiefen zu halten. Es war ganz hell, und jeden Augenblick mußte jetzt die Sonne aufgehen.

Die Sonne erhob sich bläßlich aus dem Meer, und der alte Mann konnte die anderen Boote tief auf dem Wasser über den Strom verteilt und ziemlich in Ufernähe sehen. Dann schien die Sonne heller, und ein Gleißen lag auf dem Wasser, und dann, als sie sich völlig löste, spiegelte sie die flache See, so daß seine Augen heftig schmerzten, und er ruderte, ohne in sie hineinzusehen. Er blickte ins Wasser hinab und beobachtete die Leinen, die gerade hinunter in das Dunkel des Wassers liefen. Er hielt sie gerader als irgendein anderer, so daß in jeder Tiefe in der Dunkelheit des Stroms genau an der von ihm beabsichtigten Stelle auf jeden Fisch, der dort schwimmen würde, ein Köder wartete. Andere ließen sie mit der Strömung treiben, und manchmal waren sie in sechzig Faden Tiefe, wenn die Fischer dachten, daß sie in hundert seien.

Aber, dachte er, ich halte sie mit peinlicher Genauigkeit. Ich habe nur kein Glück mehr. Aber, wer weiß? Vielleicht heute. Jeder Tag ist ein neuer Tag. Es ist besser, wenn man Glück hat. Aber lieber noch bin ich exakt. Wenn dann das Glück kommt, ist man parat.

Die Sonne stand jetzt zwei Stunden höher, und es tat seinen Augen nicht mehr so weh, ostwärts zu blicken. Es waren jetzt nur drei Boote in Sicht, und sie lagen sehr tief und dicht unter Land.

Mein ganzes Leben über hat die frühe Morgensonne meinen Augen weh getan, dachte er. Trotzdem sind sie noch gut. Am Abend kann ich direkt in sie hineinsehen, ohne daß mir schwummerig wird. Dabei hat sie am Abend mehr Kraft. Aber am Morgen tut sie weh.

In dem Augenblick sah er einen Fregattvogel mit langen schwarzen Flügeln vor sich am Himmel kreisen. Er ließ sich schnell fallen, ging schräg auf rückwärtsgerissenen Flügeln hinab und kreiste dann wieder.

«Der hat etwas», sagte der alte Mann laut. «Der sucht nicht nur.»

Er ruderte langsam und stetig der Stelle zu, wo der Vogel kreiste. Er beeilte sich nicht, und er hielt seine Leinen auf und nieder. Aber er beschleunigte die Fahrt ein wenig in der Strömung, so daß er zwar noch fehlerfrei fischte, jedoch schneller, als er gefischt hätte, wenn er nicht den Vogel hätte benutzen wollen.

Der Vogel stieg höher in die Luft und kreiste wieder mit bewegungslosen Schwingen. Dann tauchte er plötzlich, und der alte Mann sah fliegende Fische aus dem Wasser hervorspritzen und verzweifelt über die Oberfläche segeln.

«Makrelen», sagte der alte Mann laut, «große Goldmakrelen.»

Er zog die Riemen ein und holte eine kurze Schnur aus der Plicht hervor. Sie hatte eine Drahtöse und einen mittelgroßen Haken, und er beköderte sie mit einer der Sardinen. Er ließ sie über die Seite hinab und machte sie dann an einem Ringbolzen im Heck fest. Dann beköderte er eine zweite Schnur und ließ sie aufgewickelt im Schatten der Bootswand liegen. Er ging wieder ans Rudern und ans Beobachten des langflügeligen schwarzen Vogels, der jetzt dicht über dem Wasser an der Arbeit war.

Während er beobachtete, dippte der Vogel wieder mit zum Tauchen schräg gestellten Flügeln, und dann schlug er ungestüm und erfolglos mit den Flügeln, als er den fliegenden Fischen folgte.

Der alte Mann konnte die leichte Schwellung im Wasser sehen, die die großen Goldmakrelen hervorriefen, als sie den entkommenden Fischen folgten. Die Makrelen durchschnitten unterhalb von den flüchtenden Fischen das Wasser und würden in voller Fahrt im Wasser dahinjagen, wenn die Fische in die Tiefe gingen. – Es ist ein großer Schwarm Goldmakrelen, dachte er. Sie sind weit verteilt, und die fliegenden Fische haben wenig Chancen. Der Vogel hat gar keine Chance. Die fliegenden Fische sind zu groß für ihn und schwimmen zu schnell.

Er beobachtete die fliegenden Fische, die wieder und wieder hervorbrachen, und die unwirksamen Bewegungen des Vogels. – Dieser Schwarm ist mir entkommen, dachte er. Sie bewegen sich zu schnell und zu weit hinaus. Aber vielleicht werde ich einen Nachzügler auflesen, und vielleicht ist mein großer Fisch bei ihnen. Mein großer Fisch muß irgendwo sein.

Die Wolken über dem Festland erhoben sich jetzt wie Berge, und die Küste war nur noch ein langer grüner Strich mit den graublauen Hügeln dahinter. Das Wasser war jetzt dunkelblau, so dunkel, daß es beinahe violett aussah. Als er in es hinunterblickte, sah er die roten Algen des

Planktons in dem dunklen Wasser und das merkwürdige Leuchten, das die Sonne jetzt hervorrief.
Er beobachtete seine Angelschnüre und sah, wie
sie gerade hinunter und außer Sicht ins Wasser
liefen, und er freute sich, als er soviel Plankton
sah, denn das deutete auf Fische hin. Das merkwürdige Leuchten, das die Sonne jetzt, da sie höher stand, im Wasser hervorrief, und auch die
Form der Wolken über dem Festland bedeuteten
gutes Wetter. Aber der Vogel war jetzt nahezu außer Sicht, und nichts zeigte sich auf der Oberfläche des Wassers außer einigen Stellen von gelbem,
sonnengebleichtem Sargassotang und die violette, festgeformte, schillernde, gallertartige Blase
einer Portugiesischen Galeere, die dicht neben
dem Boot trieb. Sie legte sich auf die Seite und
richtete sich dann auf. Sie trieb munter wie eine
Luftblase dahin mit ihren langen, tödlichen violetten Nesselfäden, die beinahe einen Meter hinter ihr im Wasser nachschleppten.

«*Agua mala*», sagte der Mann, «du Hure.»

Von dort, wo er sich leicht in die Riemen legte,
blickte er ins Wasser hinab und sah die winzigen
Fische, die von der gleichen Farbe wie die schlep-
penden Nesselfäden waren und zwischen ihnen
und unter dem kleinen Schatten, den die trei-

bende Blase machte, umherschwammen. Sie waren immun gegen ihr Gift. Aber Menschen waren es nicht, und wenn sich Nesselfäden an einer Leine fingen und dort schleimig und violett hängenblieben, während der alte Mann einen Fisch drillte, würde er Striemen und Ätzungen an Armen und Händen bekommen von der Art, wie sie Giftefeu oder Gifteichen verursachen können. Aber dies Gift von der *Agua mala* wirkte schnell und schlug zu wie ein Peitschenhieb.

Die schillernden Blasen waren wunderschön. Aber sie waren das Hinterlistigste, was die See barg, und der alte Mann sah mit Vergnügen, wenn die großen Meerschildkröten sie fraßen. Die Schildkröten sahen sie, näherten sich ihnen von vorn, schlossen dann die Augen, so daß sie vollkommen gepanzert waren, und fraßen sie, Nesselfäden und alles inbegriffen. Der alte Mann sah mit Vergnügen, wenn die Schildkröten sie fraßen, und er zerstampfte sie gern am Strand nach einem Sturm und hörte sie gern zerplatzen, wenn er mit den hornigen Sohlen seiner Füße auf sie trat.

Er liebte grüne Schildkröten und Karettschildkröten in ihrer Eleganz und Geschwindigkeit und ihrem großen Wert, und er hegte eine freundschaftliche Verachtung für die riesigen, dummen, unechten in ihrer gelben Panzerung, die so merkwürdig in ihren Liebesäußerungen waren und vergnügt mit geschlossenen Augen die Portugiesischen Galeeren fraßen.

Schildkröten hatten für ihn nichts Mystisches, obwohl er viele Jahre lang in Schildkrötenbooten gefahren war. Sie taten ihm alle leid, selbst die großen Lederschildkröten, die so lang wie ein Boot waren und eine Tonne wogen. Die meisten Leute haben kein Gefühl für Schildkröten, weil das Herz einer Schildkröte noch stundenlang schlägt, nachdem man sie zerstückelt und ausgeschlachtet hat. – Aber, dachte der alte Mann, ich habe genau solch ein Herz, und meine Füße und Hände sind wie ihre. – Er aß ihre weißen Eier, um sich zu kräftigen. Er aß sie den ganzen Mai hindurch, um im September und Oktober den wirklich großen Fischen gewachsen zu sein.

Er trank auch jeden Tag eine Tasse Haifischlebertran aus dem großen Faß in der Hütte, in der viele Fischer ihre Geräte aufhoben. Er war da für alle Fischer, die welchen haben wollten. Die meisten Fischer verabscheuten den Geschmack. Aber es war nicht schlimmer, als zu der Zeit aufzustehen, zu der sie sich erhoben, und er war sehr gut gegen Erkältungen und Grippen, und er war gut für die Augen.

Jetzt blickte der alte Mann auf und sah, daß der Vogel wieder kreiste.

«Er hat Fische gefunden», sagte er laut. Kein fliegender Fisch durchbrach den Wasserspiegel, und man sah auch keine vereinzelten Köderfische. Aber während der alte Mann beobachtete, sprang ein kleiner Thunfisch in die Luft, drehte sich und fiel mit dem Kopf voran ins Wasser. Der Thunfisch schimmerte silbrig in der Sonne, und nachdem er ins Wasser zurückgefallen war, stieg einer und noch einer auf, und sie sprangen in alle Richtungen und peitschten das Wasser zu Schaum und setzten in langen Sprüngen dem Köder nach. Sie umkreisten ihn und stießen ihn vorwärts.

Wenn sie nicht zu schnell schwimmen, werde ich in sie hineingeraten, dachte der alte Mann, und er beobachtete, wie der Schwarm das Wasser weiß quirlte und wie sich der Vogel jetzt fallen ließ und zwischen die Köderfische tauchte, die in ihrer Panik an die Oberfläche hinaufgetrieben wurden.

«Der Vogel ist eine große Hilfe», sagte der alte Mann. In dem Augenblick straffte sich die Achterleine unter seinem Fuß, wo er eine Bucht in der Leine gelassen hatte, und er ließ die Riemen los und fühlte das Gewicht von dem zitternden Ruck des kleinen Thunfischs, während er die Leine festhielt und sie einzuholen begann. Das Zittern nahm zu, während er sie einholte, und er konnte den blauen Rücken des Fischs und das Gold seiner Flanken im Wasser sehen, ehe er ihn über die Seite ins Boot schwang. Er lag im Heck kompakt und kugelförmig in der Sonne, und seine großen, unintelligenten Augen stierten, während er durch die hurtigen, zitternden Schläge seines glatten, schnell sich bewegenden Schwanzes gegen die Bootsplanken sein Leben vernichtete. Der alte Mann schlug ihm aus Gutmütigkeit auf den Kopf und stieß ihn, während sein Körper noch zuckte, in den Schatten unterm Heck.

«Albacore», sagte er laut. «Der gibt einen wunderbaren Köder. Der wird zehn Pfund wiegen.»

Er erinnerte sich nicht, wann er zum erstenmal, als er allein mit sich war, laut gesprochen hatte. Früher hatte er, wenn er allein war, gesungen, und er hatte nachts, in einer der Schmacken oder in einem der Schildkrötenboote, wenn er auf Wache allein am Ruder stand, gesungen. Wahrscheinlich hatte er, nachdem der Junge gegangen war, begonnen, laut mit sich selbst zu reden, wenn er allein war. Aber er erinnerte sich nicht daran. Wenn er und der Junge zusammen fischten, sprachen sie gewöhnlich nur, wenn es notwendig war. Sie unterhielten sich nachts oder wenn sie bei schlechtem Wetter auf dem Meer festgehalten wurden. Es galt auf See als Tugend, nicht überflüssigerweise zu sprechen, und der alte Mann hatte es auch immer als solche angesehen und respektiert. Aber jetzt gab er häufig seinen Gedanken laut Ausdruck, da niemand da war, den sie behelligen konnten.

«Wenn die andern mich laut vor mich hin reden hören, würden sie mich für verrückt halten», sagte er laut. «Aber da ich nicht verrückt bin, ist es mir gleich. Und die Reichen haben Radios in ihren Booten, die ihnen was erzählen und ihnen die Baseballberichte bringen.»

Jetzt ist keine Zeit, um an Baseball zu denken, dachte er. Jetzt ist es Zeit, nur an eines zu denken. Das, wofür ich geboren bin. Vielleicht ist ein Großer in der Nähe des Schwarms, dachte er. Ich habe nur einen Nachzügler von den Albacore, die gerade fraßen, aufgelesen. Die anderen sind weit draußen an der Arbeit und schwimmen schnell. Alles, was sich heute an der Oberfläche zeigt, bewegt sich sehr schnell und nordostwärts. Kann das an der Tageszeit liegen? Oder ist es irgendein Wettersymptom, das ich nicht kenne?

Er konnte jetzt das Grün des Ufers nicht sehen, sondern nur die Kuppen der blauen Hügel, die weiß blinkten, als ob sie mit Schnee bedeckt wären, und die Wolken, die wie hohe Schneeberge über ihnen aussahen. Die See war sehr dunkel, und das Licht brach sich im Wasser. Die unzähligen Sprenkel von Plankton waren jetzt von der hochstehenden Sonne wie aufgezehrt, und der alte Mann sah jetzt nur die großen, tiefen Lichtbrechungen in dem blauen Wasser, das eine Meile tief war, in das seine Leinen gerade hinunterliefen.

Die Thunfische, die Fischer nannten alle Fische dieser Art Thunfische und unterschieden sie nur mit ihren besonderen Namen, wenn sie sie zum Verkauf brachten oder gegen Köder tauschen wollten, waren wieder in der Tiefe verschwunden. Die Sonne war jetzt heiß, und der alte Mann spürte sie auf seinem Nacken und spürte beim Rudern, wie der Schweiß seinen Rücken entlangrieselte.

Ich könnte einfach treiben, dachte er, und schlafen und eine Schlinge um meine Zehe winden, um mich aufzuwecken. Aber heute sind's fünfundachtzig Tage, und ich sollte den Tag gut fischen.

In dem Moment sah er, während er seine Leinen beobachtete, wie einer der ausgeworfenen frischen Stöcke ruckartig eindippte.

«Ja», sagte er, «ja», und holte die Riemen ein, ohne gegen das Boot zu stoßen. Er langte nach der Leine und hielt sie behutsam zwischen Daumen und Zeigefinger seiner rechten Hand. Er spürte weder Druck noch Gewicht, und er hielt die Leine locker. Dann kam es wieder. Diesmal war es wie ein versuchsweises Anrucken, weder stark noch kräftig, und er wußte genau, was es war. In hundert Faden Tiefe fraß ein Marlin die Sardinen ab, die die Spitze und den Schenkel des Hakens bedeckten, wo der handgeschmiedete Haken aus dem Kopf des kleinen Thunfischs hervorragte.

Der alte Mann hielt die Leine behutsam und machte sie mit der linken Hand vorsichtig von dem Stock los. Jetzt konnte er sie durch die Finger laufen lassen, ohne daß der Fisch irgendeine Spannung spürte. So weit draußen, da muß er riesengroß sein in diesem Monat, dachte er. Friß sie, Fisch! Friß sie! Bitte, friß sie! Wie frisch sie sind, und du da unten, sechshundert Fuß in dem kalten Wasser, dort in der Dunkelheit! Mach noch eine Wendung im Dunkeln und komm zurück und friß sie!

Er spürte das leichte, zarte Zupfen und dann einen stärkeren Ruck, als es wohl schwieriger war, den Kopf einer Sardine vom Haken abzukriegen. Dann geschah nichts.

«Los, komm», sagte der alte Mann laut. «Mach noch eine Wendung. Riech noch mal. Sind sie nicht prachtvoll? Friß sie nur ordentlich ab, und dann gibt's den Thunfisch. Fest und kalt und prachtvoll. Genier dich nicht, Fisch. Friß sie!»

Er wartete mit der Leine zwischen Daumen und Zeigefinger und beobachtete sie und die anderen Leinen gleichzeitig, denn der Fisch konnte hinab- oder hinaufgeschwommen sein. Dann kam wieder das gleiche zarte, zupfende Tasten.

«Er wird anbeißen», sagte der alte Mann vernehmlich. «Gott, hilf ihm, daß er anbeißt.»

Aber er biß nicht an. Er war weg, und der alte Mann fühlte nichts.

«Er kann nicht weg sein», sagte er, «um Christi willen, er kann nicht weg sein. Er macht eine

Wendung. Vielleicht ist er früher schon mal festgehakt gewesen, und er erinnert sich dunkel daran.»

Dann spürte er das leise Tasten an der Leine, und er freute sich.

«Es war nur eine Wendung», sagte er. «Er wird anbeißen.»

Er freute sich, als er das sanfte Zupfen spürte, und dann fühlte er etwas Hartes und unglaublich Schweres. Es war das Gewicht des Fisches, und er ließ die Leine, die sich von der ersten der zwei Reserverollen abwickelte, auslaufen, hinunter, hinunter. Als sie hinunterlief und dabei leicht durch die Finger des alten Mannes glitt, konnte er immer noch das große Gewicht spüren, obwohl der Druck seines Daumens und Zeigefingers nahezu unmerklich war.

«Was für ein Fisch», sagte er, «jetzt hat er ihn seitlich im Maul, und er zieht damit fort.»

Dann wird er wenden und ihn schlucken, dachte er. Er sagte das nicht, weil er wußte, daß, wenn man etwas Gutes ausspricht, es vielleicht nicht eintrifft. Er wußte, was das für ein riesiger Fisch war, und er sah ihn im Geist, wie er sich im Dunkeln mit dem Thunfisch, den er quer im Maul hielt, entfernte. In dem Augenblick spürte er, wie er sich nicht mehr bewegte, aber das Gewicht war noch da. Dann nahm das Gewicht zu, und er gab mehr Leine. Er verstärkte einen Augenblick lang den Druck von Daumen und Zeigefinger, und das Gewicht nahm zu und zog steil hinunter.

«Er hat angebissen», sagte er. «Jetzt werde ich ihn ordentlich schlingen lassen.»

Er ließ die Leine durch die Finger gleiten, während er mit der linken Hand hinunterlangte und das freie Ende der beiden Reserverollen an der Öse der zwei Reserverollen der nächsten Leine festmachte. Jetzt war er bereit. Er hatte jetzt drei Leinen von vierzig Faden in Reserve außer der Rolle, die er benutzte.

«Schling es noch ein bißchen mehr hinein», sagte er. «Schling es ordentlich runter.»

Verschling es, so daß die Spitze des Hakens in dein Herz geht und dich tötet, dachte er. Komm leicht herauf und laß mich die Harpune in dich hineinstoßen. Gut. Bist du bereit? Warst du lange genug bei Tisch?

«Jetzt», sagte er laut und haute mit beiden Händen kräftig an, gewann ihm einen Meter Leine ab und haute dann wieder und wieder an und zog Hand über Hand mit aller Kraft seiner

Arme und dem Gewicht seines sich mitdrehenden Körpers an der Schnur.

Nichts geschah. Der Fisch zog einfach langsam fort, und der alte Mann konnte ihn auch nicht einen Zentimeter heben. Seine Leine war stark und für schwere Fische gemacht, und er stemmte seinen Rücken gegen sie, bis sie so straff war, daß Wasserperlen von ihr sprangen. Dann begann sie einen langsamen, zischenden Ton im Wasser zu machen, und er hielt sie noch immer, stemmte sich gegen die Ducht und lehnte sich zurück gegen den Zug. Das Boot begann sich langsam nach Nordwesten zu bewegen.

Der Fisch schwamm ruhig, und sie bewegten sich langsam durch das stille Wasser. Die anderen Köder waren noch im Wasser, aber es ließ sich nichts daran ändern.

«Ich wünschte, ich hätte den Jungen da», sagte der alte Mann laut. «Ich werde von einem Fisch in Schlepp genommen, und ich bin der schleppende Beting. Ich könnte die Leine festmachen. Aber dann könnte er sie zerreißen. Ich muß ihn halten, so gut ich kann, und ihm Leine geben, wenn er welche verlangt. Gottlob wandert er und zieht nicht hinunter.»

Was ich tun werde, wenn er sich entschließt, in

die Tiefe zu gehen, weiß ich nicht. Was ich tun werde, wenn er taucht und stirbt, weiß ich nicht. Aber ich werde etwas tun. Es gibt eine Menge Dinge, die ich tun kann.

Er hielt die Leinen gegen seinen Rücken und beobachtete ihre Neigung im Wasser und das Boot, das sich stetig nordwestwärts bewegte.

Das wird ihn umbringen, dachte der alte Mann. Er kann das nicht auf die Dauer aushalten. – Aber vier Stunden später schwamm der Fisch immer noch mit dem Boot im Schlepp stetig hinaus ins Meer, und der alte Mann hielt immer noch die Leine straff über den Rücken gespannt.

«Es war Mittag, als ich ihn angehauen habe», sagte er. «Und ich habe ihn noch nicht gesehen.»

Bevor er den Fisch anhaute, hatte er seinen Strohhut fest auf den Kopf gestülpt, und er schnitt in seine Stirn ein. Er war auch durstig, und er kniete hin und bewegte sich, vorsichtig, um nicht an der Leine zu rucken, so weit er konnte, in der Plicht nach vorn und bekam mit einer Hand die Wasserflasche zu fassen. Er öffnete sie und trank einen Schluck. Dann ruhte er sich im Bug aus. Er ruhte sich auf dem Segel und dem niedergelegten Mast sitzend aus und suchte nicht zu denken, sondern nur durchzuhalten.

Dann blickte er sich um und sah, daß kein Land zu sehen war. – Das macht keinen Unterschied, dachte er. Ich kann immer mit Hilfe des Lichtscheins über Havanna reinkommen. Es sind noch zwei Stunden, ehe die Sonne untergeht, und vielleicht kommt er vorher herauf. Wenn er es nicht tut, kommt er vielleicht mit dem Mond herauf. Wenn er das nicht tut, kommt er vielleicht bei Sonnenaufgang herauf. Ich habe keinen Krampf und fühle mich stark. Schließlich hat er den Haken im Maul, nicht ich. Aber was für ein Fisch, der so zieht! Er muß das Maul fest über dem Draht zugeklemmt haben. Ich wünschte, ich könnte ihn sehen, um zu wissen, was ich gegen mich habe.

Der Fisch änderte während der ganzen Nacht nicht einmal Kurs und Richtung, soweit es der Mann nach dem Stand der Sterne beurteilen konnte. Es war kalt, nachdem die Sonne untergegangen war, und der Schweiß des alten Mannes trocknete kalt auf seinem Rücken und seinen Armen und seinen alten Beinen. Während des Tages hatte er den Sack, der den Behälter mit dem Köder zudeckte, genommen und ihn in der Sonne zum Trocknen ausgebreitet. Nachdem die Sonne untergegangen war, band er ihn sich um den Hals, so daß er jetzt über seinen Rücken hinabhing, und er bugsierte ihn behutsam unter die Leine, die jetzt quer über seine Schultern lief. Der Sack nahm wie ein Kissen den Druck von der Leine, und er hatte eine Art ausprobiert, sich vornüber in den Bug zu lehnen, so daß er es beinahe bequem hatte. Die Lage war tatsächlich nur einigermaßen weniger unerträglich, aber er fand es beinahe bequem.

Ich kann nichts mit ihm anfangen, und er kann nichts mit mir anfangen, dachte er. Nicht, solange er so weitermacht.

Einmal stand er auf und urinierte über die Seite des Bootes und sah zu den Sternen auf und kontrollierte seinen Kurs. Die Leine lief über seine Schultern hinab ins Wasser, wo sie sich wie ein phosphoreszierender Strich abzeichnete. Sie bewegten sich jetzt langsamer, und der Lichtschein von Havanna war weniger stark, so daß er wußte, daß die Strömung sie ostwärts trug. – Wenn ich die Glut über Havanna nicht mehr sehe, müssen wir noch weiter ostwärts treiben, dachte er. Denn wenn der Kurs des Fisches derselbe geblieben ist, muß ich sie noch mehrere Stunden lang sehen. Wie wohl die Baseballresultate der großen Ligen heute waren, dachte er. Es wäre wunderbar, wenn man ein Radio dabei hätte. – Dann dachte er, denk die ganze Zeit daran. Denk an das, was du tust. Du darfst nichts Dummes tun.

Dann sagte er laut: «Ich wünschte, ich hätte den Jungen da. Um mir zu helfen und um dies zu sehen.»

Niemand sollte im Alter allein sein, dachte er. Aber es ist unvermeidlich. Ich muß daran denken, den Thunfisch zu essen, bevor er verdirbt, damit ich bei Kräften bleibe. Denk daran, ganz gleich, wie ungern du's tust; du mußt ihn morgen früh essen. Denk daran, sagte er zu sich selbst.

Während der Nacht kamen zwei Tümmler an das Boot heran, er konnte hören, wie sie sich wälzten und schnauften. Er konnte zwischen dem schnaufenden Geräusch des Männchens und dem seufzenden Schnaufen des Weibchens unterscheiden. «Sie sind gut», sagte er. «Sie spielen und scherzen und lieben einander. Sie sind unsere Brüder wie die fliegenden Fische.»

Dann fing er an, den großen Fisch, den er angehakt hatte, zu bemitleiden. Er ist wunderbar und merkwürdig, und wer weiß, wie alt er ist, dachte er. Noch nie habe ich einen so starken Fisch angehakt, auch keinen, der sich so merkwürdig benimmt. Vielleicht ist er zu klug, um zu springen. Er könnte mich durch seine Sprünge oder durch einen wilden Ausbruch vernichten. Aber vielleicht ist er bereits viele Male zuvor angehakt gewesen, und er weiß, daß er auf diese Art kämpfen muß. Er kann nicht wissen, daß er nur einen Mann gegen sich hat, auch nicht, daß es ein alter Mann ist. Aber was das für ein großer Fisch sein muß und was er auf dem Markt bringen wird, wenn sein Fleisch gut ist! Er hat den Köder wie ein männlicher Fisch genommen, und er zieht auch wie einer, und er setzt sich ohne Panik zur Wehr. Ob er wohl irgendeinen Plan hat oder ob er ebenso verzweifelt ist wie ich?

Er erinnerte sich an den Tag, als einer von einem Paar Marlins angebissen hatte. Der männliche Fisch ließ immer den weiblichen Fisch zuerst fressen, und der angehakte Fisch, der weibliche, setzte sich wild, von Panik erfaßt, verzweifelt zur Wehr und war bald erschöpft, und die ganze Zeit über war der männliche Fisch bei ihm geblieben, hatte die Leine gekreuzt und war mit ihm an der Oberfläche gekreist. Er war so dicht neben ihm geblieben, daß der alte Mann Angst gehabt hatte, daß er die Leine mit seinem Schwanz durchschneiden würde, der so scharf wie eine Sense war und beinah die gleiche Form und Größe hatte. Während der alte Mann das Weibchen mit einem Fischhaken und mit der Keule bearbeitete und den rapierartigen Schnabel mit seinem sandpapierrauhen Rand festhielt und ihr mit der Keule über den Schädel schlug, bis ihre Farbe beinahe der Farbe der rückwärtigen Schicht eines Spiegels glich, und sie dann mit Hilfe des Jungen an Bord hißte, war der männliche Fisch neben dem Boot geblieben. Dann, während der alte Mann die Leinen und die Harpune klarmachte, sprang der männliche Fisch neben dem Boot hoch in die Luft, um zu sehen, wo das Weibchen geblieben war, und zog dann in die Tiefe, und seine lavendelfarbenen, weit ausgespreizten Flügel, die seine Brustflossen waren, und alle seine breiten, lavendelfarbenen Streifen waren zu sehen. Er war prächtig, entsann sich der alte Mann, und er war dageblieben.

Das war das Traurigste, was ich je mit ihnen erlebt habe, dachte der alte Mann. Auch der Junge war traurig, und wir baten sie um Verzeihung und schlachteten sie umgehend.

«Ich wünschte, der Junge wäre hier», sagte er laut und lehnte sich gegen die gerundeten Planken im Bug und fühlte die Stärke des großen Fisches durch die Leine, die er quer über den Schultern hielt, und wie er stetig auf das zusteuerte, was immer er sich als Ziel gewählt hatte.

Da es nun mal durch meine Hinterlist für ihn notwendig geworden ist, eine Wahl zu treffen, dachte der alte Mann.

Nach seiner Wahl wäre er weit draußen, jenseits aller Schlingen und Fallen und Tücken, in dem tiefen dunklen Wasser geblieben. Meine Wahl war, dorthin zu fahren und ihn zu finden, ich und kein anderer Mensch. Ich und kein anderer Mensch auf der Welt. Jetzt sind wir aneinandergekettet, und sind es seit Mittag. Und niemand ist da, um einem von uns zu helfen.

Vielleicht hätte ich nicht Fischer werden sollen, dachte er. Aber dafür bin ich geboren. Sobald es hell wird, muß ich bestimmt daran denken und den Thunfisch essen.

Kurz bevor es hell wurde, schnappte irgend etwas nach einem der Köder, die hinter ihm waren. Er hörte, wie der Stock zerbrach und die Leine über Dollbord des Bootes davonsauste. In der Dunkelheit lockerte er sein in der Scheide steckendes Messer und nahm den ganzen Druck, der von dem Fisch ausging, auf seine linke Schulter, lehnte sich rückwärts und durchschnitt die Leine am Holz des Dollbords. Dann durchschnitt er die andere Leine, die ihm am nächsten war, und befestigte in der Dunkelheit die losen Enden der

Reserveleinen. Er arbeitete geschickt mit einer Hand und setzte den Fuß auf die Buchten, um sie festzuhalten, während er die Knoten anzog. Jetzt hatte er sechs aufgeschossene Reserveleinen. Es waren zwei von jedem Köder, die er abgeschnitten hatte, und die zwei von dem Köder, den der Fisch genommen hatte, und sie waren alle miteinander verbunden.

Wenn es hell ist, dachte er, will ich zu dem Vierzig-Faden-Köder zurückrudern und auch den losschneiden und die Reserveleinen anschlingen. Ich werde zweihundert Faden von guter katalanischer *cordel* und die Haken und die Ösen einbüßen. Das kann ersetzt werden. Aber wer ersetzt mir diesen Fisch, falls ein Fisch anbeißt und ihn abschneidet? Ich weiß nicht, was das für ein Fisch war, der gerade eben den Köder genommen hat. Es kann ein Marlin oder ein breitmäuliger Schwertfisch oder ein Hai gewesen sein. Ich habe ihn nicht gefühlt. Ich mußte ihn zu schnell loswerden. Laut sagte er: «Ich wünschte, ich hätte den Jungen da.»

Aber du hast den Jungen nicht da, dachte er. Du hast nur dich selbst, und du sollst dich jetzt lieber zu der letzten Leine zurückarbeiten, ob's dunkel ist oder nicht, und sie wegschneiden und die zwei Reserveleinen miteinander verbinden.

Also tat er das. Es war schwierig in der Dunkelheit, und einmal verursachte der Fisch eine riesige Welle, die ihn der Länge nach niederzwang und ihm eine Schnittwunde unter dem Auge beibrachte. Das Blut lief ein Stückchen über seine Backe herunter. Aber es gerann und trocknete, bevor es sein Kinn erreicht hatte, und er arbeitete sich zurück in die Vorplicht und lehnte sich gegen das Holz. Er rückte den Sack zurecht und manövrierte behutsam mit der Leine, so daß sie über eine andere Stelle seiner Schultern lief, und während er sie mit den Schultern verankert hielt, stellte er sorgfältig fest, wie stark der Fisch zog, und stellte dann mit der Hand fest, wieviel Fahrt das Boot im Wasser machte.

Warum er wohl plötzlich so einen Seitwärtsruck gemacht hat, dachte er. Der Draht muß auf seinem großen, hügeligen Rücken gerutscht sein. Bestimmt tut ihm sein Rücken nicht so weh wie mir meiner. Aber er kann das Boot nicht ewig ziehen, und wenn er noch so groß ist. Jetzt ist alles beseitigt, was Unheil anrichten könnte, und ich habe einen großen Vorrat an Leine; alles, was ein Mensch verlangen kann.

«Fisch», sagte er leise und vernehmlich, «ich bleibe bei dir, bis ich tot bin.»

Ich nehme an, daß er auch bei mir bleiben wird, dachte der alte Mann, und er wartete darauf, daß es hell wurde. Jetzt, vor Morgengrauen, war es kalt, und er drängte sich gegen das Holz, um warm zu bleiben. – Ich kann es so lange aushalten wie er, dachte er. Und im ersten Dämmerlicht lief die Leine hinaus und hinunter ins Wasser. Das Boot bewegte sich stetig, und als der äußerste Saum der Sonne auftauchte, stand er auf der rechten Schulter des alten Mannes.

«Er nimmt jetzt Kurs nach Norden», sagte der alte Mann. – Die Strömung wird uns weit ostwärts abgedrängt haben, dachte er. Ich wünschte, er würde mit der Strömung wenden. Das würde zeigen, daß er allmählich müde wird.

Als die Sonne höher stand, war es dem alten Mann klar, daß der Fisch nicht müde wurde. Es gab nur ein günstiges Anzeichen. Die Neigung der Leine zeigte, daß er in geringerer Tiefe schwamm. Das hieß nicht unbedingt, daß er springen würde. Aber möglich war's.

«Herrgott, laß ihn springen», sagte der alte Mann. «Ich hab genug Leine, um ihn zu drillen.»

Vielleicht, wenn ich die Spannung gerade ein bißchen verstärken kann, wird es ihm weh tun, und er wird springen, dachte er. Jetzt, wo es Ta-

geslicht ist, soll er springen, so daß er die Luftsäcke unterhalb der Wirbelsäule mit Luft füllt,
und dann kann er nicht tief hinabziehen, um zu
sterben.

Er versuchte die Spannung zu verstärken, aber
die Leine war bis zum Zerreißen straff gespannt,
seit er den Fisch angehauen hatte, und er fühlte die
Härte, als er sich zurücklehnte, um zu ziehen, und
wußte, daß sie keinen weiteren Druck aushalten
würde. – Ich darf nicht etwa an ihr reißen, dachte
er. Jeder Ruck erweitert die Wunde, die der Haken
gemacht hat, und wenn er dann wirklich springt,
wirft er ihn vielleicht ab. Jedenfalls fühle ich mich
jetzt in der Sonne wohler, und ausnahmsweise
brauche ich nicht in sie hineinzusehen.

An der Leine hing gelber Seetang, aber der alte
Mann wußte, daß dies ein zusätzliches Gewicht
war, und er war froh darüber. Es war der gelbe
Golftang, der nachts so stark phosphoresziert
hatte.

«Fisch», sagte er, «ich liebe dich und achte dich
sehr. Aber ich töte dich bestimmt, ehe dieser Tag
zu Ende ist.»

Hoffentlich, dachte er.

Ein kleiner Vogel näherte sich dem Boot von
Norden. Es war ein Baumschlüpfer, der sehr

niedrig über dem Wasser flog. Der alte Mann konnte sehen, daß er sehr müde war.

Der Vogel setzte sich auf das Heck des Bootes und ruhte sich dort aus. Dann umflog er den Kopf des alten Mannes und ruhte sich auf der Leine aus, wo er bequemer saß.

«Wie alt bist du?» fragte der alte Mann den Vogel. «Ist dies deine erste Reise?»

Der Vogel blickte ihn an, als er sprach. Er war zu müde, um auch nur die Leine zu untersuchen, und er schwankte hin und her, als sich seine zarten Krallen an ihr festklammerten.

«Die ist straff», sagte der alte Mann zu ihm. «Die ist sogar zu straff. Nach einer windstillen Nacht solltest du nicht so müde sein. Was wird aus euch Vögeln?» Die Falken, dachte er, die aufs Meer hinausfliegen, um euch zu treffen. Aber er sagte davon nichts zu dem Vogel, der ihn sowieso nicht verstehen konnte und der die Falken früh genug kennenlernen würde.

«Ruh dich gut aus, kleiner Vogel», sagte er. «Und dann flieg los und versuch dein Glück wie jeder Mann, wie jeder Vogel oder Fisch.»

Das Reden tat ihm gut, weil sein Rücken in der Nacht steif geworden war und ihm jetzt wirklich weh tat.

«Bleib in meiner Behausung, wenn du willst, Vogel», sagte er. «Es tut mir leid, daß ich das Segel nicht hissen kann, um dich mit der schwachen Brise, die aufkommt, an Land zu bringen. Aber ich bin mit einem Freund zusammen.»

In diesem Augenblick zog der Fisch plötzlich seitwärts, so daß es den alten Mann auf den Steven hinunterriß und er über Bord gerissen worden wäre, wenn er nicht das Gleichgewicht gehalten und ziemlich viel Leine gegeben hätte. Der Vogel war aufgeflogen, als die Leine anruckte, und der alte Mann hatte ihn noch nicht einmal wegfliegen sehen. Er tastete die Leine sorgfältig mit seiner rechten Hand ab und bemerkte, daß seine Hand blutete.

«Irgend etwas hat ihm also weh getan», sagte er laut und zog an der Leine, um festzustellen, ob er den Fisch zum Wenden bringen konnte. Aber als er ihre äußerste Spannungsgrenze erreicht hatte, fixierte er sie und lehnte sich gegen den Zug der Leine zurück.

«Jetzt fühlst du's, Fisch», sagte er. «Und ich auch, weiß Gott.»

Er blickte sich jetzt nach dem Vogel um, weil er ihn gern zur Gesellschaft gehabt hätte. Der Vogel war fort.

Du bist nicht lange geblieben, dachte der Mann. Und bis du ans Ufer kommst, ist es stürmischer dort, wo du hinfliegst, als hier. Wie konnte ich mich nur von dem heftigen Ruck, den der Fisch gemacht hat, verletzen lassen? Ich werde ja richtig dumm. Oder habe ich vielleicht den kleinen Vogel angesehen und an ihn gedacht? Jetzt werde ich mich um meine Arbeit kümmern, und dann muß ich den Thunfisch essen, damit mir die Kräfte nicht versagen.

«Ich wünschte, der Junge wäre hier, und ich hätte etwas Salz da», sagte er laut.

Er verlagerte das Gewicht der Leine auf die linke Schulter und kniete sich behutsam hin und wusch die Hand im Meer und hielt sie dort länger als eine Minute eingetaucht und beobachtete, wie das Blut leicht dahinzog und das Wasser stetig gegen seine Hand spülte, während das Boot sich bewegte.

«Er ist jetzt viel langsamer», sagte er.

Der alte Mann hätte seine Hand gern länger im Salzwasser gelassen, aber er befürchtete ein erneutes plötzliches Seitwärtsziehen des Fisches, und er stand auf und hielt das Gleichgewicht und hob die Hand in die Sonne. Die Leine hatte sein Fleisch nur leicht aufgerissen. Aber es war der

Teil seiner Hand, den er dauernd benutzte. Er war sich klar darüber, daß er seine Hände brauchen würde, ehe dies vorbei war, und er mochte nicht verletzt sein, bevor es losging.

«Jetzt», sagte er, nachdem seine Hand getrocknet war, «muß ich den kleinen Thunfisch essen. Ich kann mit dem Fischhaken an ihn ran und ihn hier in aller Bequemlichkeit essen.»

Er kniete sich hin und fand mit dem Fischhaken den Thunfisch unter dem Heck, zog ihn zu sich heran und nahm sich in acht, daß er nicht mit ihm an die aufgeschossenen Leinen kam. Wieder hielt er die Leine mit der linken Schulter und hielt mit der linken Hand und dem linken Arm das Gleichgewicht, als er den Thunfisch vom Fischhaken losmachte und den Fischhaken zurück an seinen Platz legte. Er stemmte ein Knie auf den Fisch und schnitt Streifen von dem dunkelroten Fleisch vom Hinterkopf bis zum Schwanz der Länge nach ab. Es waren keilförmige Streifen, und er schnitt sie direkt am Rückgrat entlang bis hinunter an den Rand des Bauchs. Nachdem er sechs Streifen geschnitten hatte, breitete er sie auf dem Holz im Bug aus, wischte sein Messer an seiner Hose ab und ergriff das Gerippe des Bonito beim Schwanz und ließ es über Bord fallen.

«Ich glaube nicht, daß ich einen ganzen essen kann», sagte er und zog sein Messer quer über einen der Streifen.

Er konnte das stetige, harte Ziehen der Leine fühlen, und seine linke Hand verkrampfte sich. Sie krallte sich um die schwere Schnur, und er sah sie mit Widerwillen an.

«Was ist das für eine Hand?» sagte er. «Schön, verkrampf dich, wenn du willst. Schrumpf zu einer Klaue zusammen. Es wird dir nichts helfen.»

Los doch, dachte er und blickte hinab in das dunkle Wasser auf die Neigung der Leine. Iß ihn jetzt, und es wird deine Hand kräftigen. Es ist nicht die Schuld deiner Hand, und du hast schon viele Stunden mit dem Fisch zugebracht. Aber du kannst es ewig mit ihm aushalten. Iß den Bonito jetzt.

Er hob ein Stück in die Höhe und steckte es in den Mund und kaute es langsam. Es schmeckte nicht schlecht.

Kau es gut, dachte er, und sieh zu, daß du den ganzen Saft kriegst. Mit ein bißchen Limone oder Zitrone oder mit Salz würde er sogar ganz gut schmecken.

«Wie geht's dir, Hand?» fragte er die verkrampfte Hand, die beinahe so steif wie in der

Todesstarre war. «Ich eß noch was für dich.» Er aß die andere Hälfte von dem Stück, das er entzweigeschnitten hatte. Er kaute es sorgfältig und spuckte dann die Haut aus. «Wie geht's dir, Hand? Oder ist es zu früh, um es zu wissen?»

Er nahm noch ein ganzes Stück und kaute es.

Er ist ein vollblütiger Fisch, dachte er. Ich habe Glück gehabt, daß ich ihn an Stelle von einer Goldmakrele gefangen habe. Makrele schmeckt zu süßlich. Der hier ist überhaupt kaum süßlich, und die ganze Kraft ist noch darin.

Hat aber keinen Sinn, man muß praktisch sein, sonst nichts, dachte er. Ich wünschte, ich hätte etwas Salz da. Ich weiß nicht, ob das, was übrig ist, in der Sonne trocknen oder verfaulen wird, darum ist es besser, wenn ich jetzt alles esse, obwohl ich keinen Hunger habe. Der Fisch ist ruhig und stetig. Ich werde alles essen, und dann bin ich bereit.

«Hab Geduld, Hand», sagte er. «Ich tu dies für dich.» Ich wünschte, ich könnte dem Fisch was zu fressen geben, dachte er. Er ist mein Bruder. Aber ich muß ihn töten und bei Kräften bleiben, um es zu schaffen. – Langsam und gewissenhaft aß er all die keilförmigen Fischstreifen.

Er richtete sich auf und wischte seine Hand an der Hose ab.

«Jetzt», sagte er, «kannst du die Schnur loslassen, Hand, und ich werde ihn mit dem rechten Arm allein drillen, bis du mit dem Unsinn aufhörst.» Er trat mit dem linken Fuß auf die schwere Leine, die die linke Hand gehalten hatte, und lehnte sich rückwärts, gegen den Druck auf seinem Rücken.

«Gott, hilf mir, daß der Krampf aufhört», sagte er. «Weil ich nicht weiß, was der Fisch tun wird.»

Aber er scheint ruhig zu sein, dachte er, und seinen Plan zu verfolgen. – Aber was ist sein Plan? dachte er. Und was ist meiner? Ich muß mich mit meinem nach ihm richten, wegen seiner ungeheuren Größe. Falls er springt, kann ich ihn töten. Aber er bleibt ja ewig dort unten. Dann werde ich ewig mit ihm dort unten bleiben.

Er rieb die verkrampfte Hand gegen seine Hose und versuchte die Finger zu lockern. Aber sie wollte sich nicht öffnen. – Vielleicht wird sie sich durch die Sonne öffnen, dachte er. Vielleicht wird sie sich öffnen, wenn der kräftige rohe Thunfisch verdaut ist. Wenn ich sie haben muß, werde ich sie öffnen, koste es, was es wolle. Aber jetzt will ich sie nicht mit Gewalt öffnen. Sie soll sich von selbst öffnen und von selbst wieder in Ordnung kom-

men. Immerhin hab ich sie die Nacht durch stark
mißbraucht, als ich die verschiedenen Leinen los-
machen und anschlingen mußte.

Er blickte über das Meer und wußte, wie allein
er jetzt war. Aber er konnte die Lichtbrechungen
in dem tiefen dunklen Wasser sehen und die vor-
wärtsziehende Leine und das seltsame Wellen-
spiel der Windstille. Die Wolken türmten sich
jetzt unter dem eindringenden Passatwind, und
er blickte geradeaus und sah eine Schar von Wild-
enten, die sich über dem Wasser gegen den Himmel abzeichneten, und er wußte, daß man auf See
niemals allein war.

Er dachte daran, wie sich manche Leute fürch-
teten, wenn sie in einem kleinen Boot das Land
aus den Augen verloren, und wußte, daß sie in
den Monaten, in denen plötzlich Schlechtwetter
eintritt, recht hatten. Aber jetzt befand man sich
in den Orkanmonaten, und wenn keine Orkane
sind, ist das Wetter in den Orkanmonaten das beste des ganzen Jahres.

Wenn ein Orkan kommt, sieht man auf See die
Anzeichen hierfür immer schon Tage vorher am
Himmel. – An Land sehen sie sie nicht, weil sie
nicht wissen, wonach sie Ausschau halten sollen,
dachte er. Das Land macht sicher auch einen Un-

terschied in der Form der Wolken. Aber jetzt ist kein Orkan im Anzug.

Er blickte in den Himmel hinauf und sah die weißen Kumuluswolken, die wie anheimelnde Berge von Sahneeis aussahen, und hoch darüber waren die zarten Federn der Zirruswolken in dem hohen Septemberhimmel. «Leichte *brisa*», sagte er, «besseres Wetter für mich als für dich, Fisch.»

Seine linke Hand war noch verkrampft, aber er lockerte sie langsam. Widerwärtig, so ein Krampf, dachte er. Es ist ein Verrat des eigenen Körpers. Es ist demütigend, wenn man durch eine Vergiftung vor anderen Leuten Durchfall bekommt oder sich übergeben muß. Aber ein Krampf, er dachte daran als *calambre*, ist demütigend für einen selber, besonders, wenn man allein ist.

Wenn der Junge hier wäre, könnte er sie mir massieren und es vom Unterarm her lockern, dachte er. Aber es wird sich schon lockern.

Dann spürte er mit der rechten Hand den Unterschied im Zerren der Leine, bevor er im Wasser den Wechsel der Neigung gesehen hatte. Dann, als er sich gegen die Leine lehnte und seine linke Hand hart und schnell gegen seinen Oberschenkel schlug, sah er, wie die Leine sich langsam aufwärts schrägte. «Er kommt rauf», sagte er.

«Komm, mach mit, Hand. Bitte mach mit.»

Die Leine hob sich langsam und stetig, und dann wölbte sich die Oberfläche des Ozeans vor dem Boot, und der Fisch kam heraus. Er kam heraus, ohne Ende, und das Wasser strömte ihm von den Seiten. Er leuchtete in der Sonne, Kopf und Rücken waren dunkelviolett, und in der Sonne sah man an seinen beiden Seiten breite lavendelfarbene Streifen. Sein Schwert war so lang wie ein Baseballschläger und spitz wie ein Rapier, und er hob sich in seiner ganzen Länge aus dem Wasser, und dann glitt er wie ein Taucher so geschmeidig wieder hinein, und der alte Mann sah das große Sensenblatt des Schwanzes verschwinden, und die Leine begann wegzusausen.

«Er ist zwei Fuß länger als das Boot», sagte der alte Mann. Die Leine lief schnell, aber stetig aus, und der Fisch zeigte keine Panik. Der alte Mann versuchte mit beiden Händen die Leine gerade noch innerhalb der Spannungsgrenze zu halten. Er wußte, daß, wenn er das Tempo des Fisches nicht durch anhaltenden Druck verringern konnte, der Fisch die gesamte Leine mit sich nehmen und sie zerreißen konnte.

Es ist ein herrlicher Fisch, und ich muß ihn kleinkriegen, dachte er. Er darf nie erfahren, wie stark er ist oder was er tun könnte, wenn er loszöge. Wenn ich er wäre, würde ich jetzt alles auf eine Karte setzen und losziehen, bis was reißt. Aber gottlob sind sie nicht so klug wie wir, die sie töten, obwohl sie edler und fähiger sind.

Der alte Mann hatte manch herrlichen Fisch gesehen. Er hatte viele gesehen, die mehr als tausend Pfund wogen, und er hatte in seinem Leben zwei von der Größe gefangen, aber niemals allein. Jetzt allein und außer Sicht des Landes war er an den größten Fisch, den er je gesehen hatte, gekettet, größer als irgendeiner, von dem er je gehört hatte, und seine linke Hand war immer noch so verkrampft wie die gekrallten Klauen eines Adlers.

Aber sie wird sich entkrampfen, dachte er. Sicher wird sie sich entkrampfen, um meiner rechten Hand zu helfen. Drei Dinge sind Geschwister: der Fisch und meine beiden Hände. Sie muß sich entkrampfen. Es ist ihrer unwürdig, verkrampft zu sein. – Der Fisch schwamm wieder langsamer und bewegte sich in seinem gewohnten Tempo.

Warum er wohl gesprungen ist, überlegte der alte Mann. Er sprang ja fast, als ob er mir zeigen wollte, wie groß er ist. Jedenfalls weiß ich es jetzt, dachte er. Ich wünschte, ich könnte ihm zeigen, was für ein Kerl ich bin. Aber dann würde er meine verkrampfte Hand sehen. Soll er denken, daß ich mehr Manns bin, als ich bin, und ich werde es sein. Ich wünschte, ich wäre der Fisch, dachte er, mit allem, was er hat, nur gegen meinen Willen und meine Intelligenz.

Er lehnte sich bequem gegen das Holz und ertrug seine Schmerzen, wie sie kamen, und der Fisch schwamm stetig, und das Boot bewegte sich langsam durch das dunkle Wasser. Es erhob sich eine leichte See, da der Wind von Osten auffrischte, und um Mittag war die linke Hand des alten Mannes entkrampft.

«Schlimme Nachricht für dich, Fisch», sagte er und verlagerte die Leine über dem Sack, der seine Schultern bedeckte.

Er fühlte sich ganz behaglich, obwohl er litt, aber er gestand sich's nicht ein, daß er litt.

«Ich bin nicht fromm», sagte er. «Aber ich will zehn Vaterunser und zehn Ave Maria beten, damit ich den Fisch fange, und ich verspreche, daß ich eine Wallfahrt zu der Jungfrau von Cobre machen werde, wenn ich ihn fange. Das verspreche ich.»

Er fing an, mechanisch seine Gebete herzusagen. Manchmal war er so müde, daß er sich nicht an das Gebet erinnern konnte, und dann sagte er es so schnell, daß es automatisch kam. – Ave Maria sind leichter zu sagen als Vaterunser, dachte er.

«Gegrüßt seist du, Maria, voller Gnaden. Der Herr ist mit dir. Du bist gebenedeit unter den Weibern, und gebenedeit ist die Frucht deines Leibes, Jesus. Heilige Maria, Mutter Gottes, bitte für uns Sünder jetzt und zu der Stunde unseres Todes. Amen.» Dann fügte er hinzu: «Heilige Jungfrau, bitte um den Tod dieses Fisches. So herrlich er auch ist.»

Nachdem er seine Gebete gesagt hatte, und da er sich viel besser fühlte, obwohl er genausoviel Schmerzen litt, ja vielleicht ein wenig mehr als zuvor, lehnte er sich gegen das Holz des Bugs und begann mechanisch die Finger seiner linken Hand zu bewegen.

Die Sonne war jetzt heiß, obwohl der Wind sich wieder auffrischte.

«Ich sollte lieber die kleine Schnur, die über das Heck läuft, neu beködern», sagte er. «Wenn der Fisch sich entschließt, noch eine Nacht durchzuhalten, muß ich noch einmal essen, und in der Flasche ist nicht mehr viel Wasser. Ich glaube nicht, daß ich hier etwas außer einer Goldmakrele kriegen kann. Aber wenn ich sie frisch genug esse, wird sie gar nicht so schlecht schmekken. Ich wünschte, ein fliegender Fisch würde heute nacht an Bord kommen, aber ich habe kein Licht da, um sie anzulocken. Ein fliegender Fisch ist ausgezeichnet zum Rohessen, und ich brauchte ihn nicht zu zerstückeln. Ich muß jetzt alle meine Kräfte zusammenhalten. Weiß Gott, ich wußte nicht, daß er so groß ist.

Aber ich werde ihn töten», sagte er. «In all seiner Größe und Herrlichkeit.»

Obwohl es nicht recht ist, dachte er. Aber ich werde ihm zeigen, was ein Mann tun kann und was ein Mann aushält.

«Ich hab dem Jungen gesagt, daß ich ein merkwürdiger alter Mann bin», sagte er. «Jetzt ist der Augenblick, wo ich's beweisen muß.» Die tausend Male, die er's bewiesen hatte, bedeuteten nichts. Jetzt bewies er's von neuem. Jedesmal war ein neues Mal, und er dachte niemals an die Vergangenheit, wenn er es tat.

Ich wünschte, er würde schlafen, und ich könnte schlafen und von den Löwen träumen, dachte er. Warum sind die Löwen das Wichtigste, was übrig ist? Denk jetzt nicht, alter Freund, sagte er zu sich selbst. Lehn dich jetzt friedlich gegen das Holz und denk an nichts. Er arbeitet. Tu so wenig wie möglich.

Es wurde Nachmittag und das Boot bewegte sich immer noch langsam und stetig. Aber jetzt wirkte die östliche Brise zusätzlich wie eine Bremse, und der alte Mann trieb gemächlich auf der schwachen Dünung, und der Schmerz von der Schnur über seinem Rücken war leicht und gleichförmig.

Einmal im Laufe des Nachmittags begann sich die Leine wieder zu heben, aber der Fisch schwamm nur in einer etwas geringeren Tiefe weiter. Die Sonne stand auf dem linken Arm und der linken Schulter des alten Mannes und auf seinem Rücken. Dadurch wußte er, daß der Fisch nach Nord zu Ost gedreht hatte.

Jetzt, nachdem er ihn einmal gesehen hatte, konnte er sich den Fisch mit den violetten Brustflossen, die sich wie Flügel spreizten, und dem großen, aufgerichteten Schwanz, der die Dunkelheit zerteilte, im Wasser schwimmend vorstellen. – Wieviel er wohl in jener Tiefe sehen kann, dachte der alte Mann. Sein Auge ist riesengroß, und ein Pferd mit viel kleineren Augen kann in der Dunkelheit sehen. Früher konnte ich ganz gut in der Dunkelheit sehen. Nicht in völliger Dunkelheit. Aber beinahe so, wie eine Katze sieht.

Die Sonne und die stetige Bewegung seiner

Finger hatten seine linke Hand jetzt vollständig entkrampft, und er suchte mehr Druck auf sie abzuwälzen, und er bewegte die Rückenmuskeln, um den Schmerz von der Schnur ein wenig zu verlagern.

«Wenn du nicht müde bist, Fisch», sagte er laut, «mußt du ein sehr merkwürdiger Fisch sein.»

Er fühlte sich sehr müde, und er wußte, daß die Nacht bald kommen würde, und er suchte an andere Dinge zu denken. Er dachte an die großen Ligen – für ihn waren es die *Gran Ligas* –, und er wußte, daß die «Yankees» von New York gegen die «Tigers» von Detroit spielten.

Dies ist schon der zweite Tag, an dem ich nicht das Resultat der *juegos* weiß, dachte er. Aber ich muß zuversichtlich sein, und ich muß mich des großen DiMaggio würdig zeigen, der immer alle Dinge vollkommen tut, selbst mit dem Schmerz von Knochensporn im Hacken. Was ist ein Knochensporn? fragte er sich. *Un espuela de hueso.* So was haben wir nicht. Ob es wohl so weh tut, wie wenn man den Sporn eines Kampfhahns im eigenen Hacken hat? Ich glaube nicht, daß ich das ertragen könnte, ohne den Verlust eines Auges oder von beiden Augen, und dann weiterkämpfen, wie die Kampfhähne es tun. Der Mensch ist nicht viel neben den großen Raubvögeln und wilden Tieren. Trotzdem, am liebsten wäre ich das Tier dort unten in der Dunkelheit des Meeres.

«Außer wenn Haie kommen», sagte er laut, «wenn Haie kommen, dann gnade Gott ihm und mir.»

Ob wohl der große DiMaggio so lange mit einem solchen Fisch aushalten würde, wie ich mit diesem hier aushalten werde, dachte er. Sicherlich würde er's und noch länger, weil er jung und stark ist. Außerdem war sein Vater ein Fischer. Oder würde der Knochensporn ihm zu weh tun?

«Ich weiß es nicht», sagte er laut. «Ich habe nie einen Knochensporn gehabt.»

Als die Sonne unterging, dachte er, um sich mehr Selbstvertrauen zu geben, an die Zeit in der Taverne von Casablanca zurück, als er das Fingerspiel mit dem mächtigen Neger aus Cienfuegos, der der stärkste Mann in den Docks war, gespielt hatte. Es hatte einen Tag und eine Nacht gedauert, mit den Ellbogen auf einer Kreidelinie auf dem Tisch und steil aufgerichteten Unterarmen und fest ineinanderverkrampften Händen. Alle beide hatten versucht, die Hand des andern auf den Tisch herunterzuzwingen. Es wurden eine Menge Wetten abgeschlossen, und die Leute gingen unter den Kerosinlampen im Zimmer ein und aus, und er hatte sich den Arm und die Hand des Negers genau betrachtet und auch das Gesicht des Negers. Nach den ersten acht Stunden wurden alle vier Stunden die Schiedsrichter gewechselt, damit die Schiedsrichter schlafen konnten. Das Blut trat in seinen Händen und an denen des Negers unter den Fingernägeln hervor, und sie blickten einander in die Augen und auf ihre Hände und Unterarme, und die Wettenden gingen im Zimmer ein und aus und saßen auf hohen Stühlen an der Wand entlang und sahen zu. Die Wände waren leuchtend blau gestrichen und waren aus Holz, und die Lampen warfen ihre Schatten auf sie. Der Schatten des Negers war riesengroß, und er bewegte sich auf der Wand, wenn der Wind die Lampen bewegte.

Die Wettchancen wechselten die ganze Nacht hindurch, und man flößte dem Neger Rum ein und steckte ihm Zigaretten an. Der Neger hatte dann nach dem Rum eine unerhörte Anstrengung gemacht und einmal den alten Mann, der damals kein alter Mann, sondern Santiago *El Campéon* war, beinah acht Zentimeter zur Seite gedrückt. Aber der alte Mann hatte seine Hand wieder völlig in die Ausgangsstellung zurückgebracht. Nun wußte er, daß er den Neger, der ein famoser Kerl und ein großartiger Athlet war, besiegt hatte. Und beim Morgengrauen, als die Wettenden verlangten, daß der Kampf unentschieden erklärt wurde, und der Schiedsrichter den Kopf schüttelte, hatte er alle seine Kräfte angespannt und die Hand des Negers tiefer und tiefer gedrückt, bis sie auf dem Holz auflag. Der Wettkampf hatte an einem Sonntagmorgen begonnen und an einem Montagmorgen geendet. Viele der Wettenden hatten ein Unentschieden gefordert, weil sie zur Arbeit in die Docks, zum Zuckersäckeladen oder zu der Kohlegesellschaft von Havanna mußten. Sonst hätten alle auf einem Entscheidungskampf bestanden. Aber er hatte es sowieso beendet, und ehe noch jemand zur Arbeit gehen mußte.

Eine lange Zeit noch danach hatte ihn jeder den Champion genannt, und im Frühling hatte man einen Revanchekampf veranstaltet. Aber es wurde nicht viel gewettet, und er hatte ganz leicht gesiegt, da er damals im ersten Wettkampf das Selbstvertrauen des Negers aus Cienfuegos erschüttert hatte. Danach hatte er noch ein paar Wettkämpfe ausgefochten und dann keine mehr. Er hatte festgestellt, daß er jeden besiegen konnte, wenn er heftig genug wollte, und er hatte festgestellt, daß es für seine rechte Hand beim Fischen schlecht war. Er hatte ein paar Übungskämpfe mit seiner linken Hand probiert, aber seine linke Hand hatte ihn immer im Stich gelassen und tat nicht das, was er von ihr verlangte, und er traute ihr nicht.

Die Sonne wird sie jetzt ordentlich schmoren, dachte er. Sie wird sich wohl nicht noch einmal verkrampfen, falls es in der Nacht nicht zu kalt wird. Was wohl diese Nacht bringen wird?

Ein Flugzeug zog auf seinem Kurs nach Miami über ihn hinweg, und er beobachtete, wie sein Schatten die Schwärme von fliegenden Fischen aufschreckte.

«Wo so viele fliegenden Fische sind, sollte es Goldmakrelen geben», sagte er und lehnte sich gegen die Leine, um zu sehen, ob es möglich war, seinem Fisch etwas abzugewinnen. Aber er konnte es nicht, und sie blieb hart und sprühte Wassertropfen, was direkt dem Zerreißen vorangeht. Das Boot bewegte sich langsam vorwärts, und er beobachtete das Flugzeug, bis er es nicht mehr sehen konnte.

Es muß sehr merkwürdig in einem Flugzeug sein, dachte er. Wie wohl die See von der Höhe her aussieht? Man müßte die Fische gut sehen können, wenn man nicht zu hoch fliegt. Ich würde gern sehr langsam zweihundert Faden hoch fliegen und die Fische von oben sehen. Auf den Schildkrötenbooten war ich in der Saling vom Mars, und selbst von dieser Höhe aus habe ich viele gesehen. Die Goldmakrelen sehen von da grüner aus, und man kann ihre Streifen sehen und ihre violetten Flecken, und man kann den ganzen Schwarm sehen, wenn sie schwimmen. Woher kommt es, daß alle schnell sich bewegenden Fische in der dunklen Strömung violette Rücken und gewöhnlich violette Streifen oder Flecken haben? Die Goldmakrele sieht natürlich grün aus, weil sie tatsächlich goldgelb ist. Aber wenn sie fressen will und wirklich hungrig ist, zeigen sich an ihren Seiten violette Streifen wie bei einem Marlin. Kann es Wut sein oder die größere Geschwindigkeit, mit der sie schwimmt, die sie zum Vorschein bringen?

Gerade bevor es dunkel wurde, als sie an einer großen Insel von Sargassotang vorbeikamen, die in der leicht bewegten See auf und ab wogte, als ob der Ozean unter jener gelben Decke mit etwas sein Liebesspiel triebe, biß eine Makrele an der kleinen Schnur an. Er sah sie zuerst, als sie, im letzten Sonnenlicht ganz golden, in die Luft sprang und sich in der Luft bog und heftig um sich schlug. Wieder und wieder machte der Fisch seine akrobatischen Angstsprünge, und der alte Mann arbeitete sich ans Heck zurück und kauerte sich hin und hielt die starke Leine mit der rechten Hand und dem rechten Arm und zog die Makrele mit der linken Hand heran. Jedesmal trat er mit dem nackten linken Fuß auf die eingeholte Schnur. Als der Fisch achtern war und aus Verzweiflung von einer Seite zur andern tauchte und kreuzte, beugte sich der alte Mann übers Heck und hob den goldglänzenden Fisch mit den violetten Flecken ins Boot. Seine Kiefer arbeiteten krampfhaft in schnellem Zubiß gegen den Haken, und er hämmerte mit seinem langen, flachen Körper, seinem Schwanz und seinem Kopf gegen den Boden des Bootes, bis der alte Mann ihn mit der Keule über den schimmernden goldenen Kopf schlug und er erzitterte und still war.

Der alte Mann hakte den Fisch los, beköderte die Schnur mit einer neuen Sardine und warf sie aus. Dann arbeitete er sich langsam wieder nach vorn zurück. Er wusch seine linke Hand und wischte sie sich an seiner Hose ab. Dann wechselte er die schwere Leine von der rechten Hand in die linke hinüber und wusch seine rechte Hand in der See, während er die Neigung der schweren Schnur und das Versinken der Sonne im Ozean beobachtete.

«Er ist noch ganz unverändert», sagte er. Aber während er die Bewegung des Wassers gegen seine Hand beobachtete, fiel ihm auf, daß sie jetzt merklich langsamer war.

«Ich werde die beiden Riemen über dem Heck zusammenbinden, und das wird seine Geschwindigkeit in der Nacht verringern», sagte er. «Der ist reif für die Nacht, und ich bin's auch.»

Es ist besser, wenn ich die Makrele etwas später ausweide, damit das Blut im Fleisch bleibt, dachte er. Ich kann das ein bißchen später tun und gleichzeitig die Riemen zusammenbinden, um eine Art Bremse herzustellen. Ich sollte den Fisch wohl jetzt lieber ruhig halten und ihn bei Sonnenuntergang nicht zu sehr stören. Sonnenuntergang ist für alle Fische eine schwierige Zeit.

Er ließ seine Hand an der Luft trocknen, dann ergriff er die Leine mit ihr und machte es sich, soweit er konnte, bequem und ließ sich gegen das Holz vorwärtsziehen, so daß das Boot ebensoviel oder mehr Druck als er bekam.

Ich lerne, wie man's machen muß, dachte er. Wenigstens diesen Teil von der Geschichte. Dann vergiß auch nicht, er hat, seit er den Köder genommen hat, nichts gefressen, und er ist riesengroß und braucht viel Nahrung. Ich habe den ganzen Bonito gegessen. Morgen werde ich die Goldmakrele essen. Er nannte sie *dorado*. Vielleicht sollte ich etwas von ihr essen, wenn ich sie ausnehme. Die wird schwieriger zu essen sein als der Bonito. Aber schließlich ist nichts leicht.

«Wie geht es dir, Fisch?» fragte er laut. «Mir geht's gut, und meiner linken Hand geht es besser, und ich habe genug Essen für eine Nacht und einen Tag. Zieh das Boot, Fisch.»

Es ging ihm nicht wirklich gut, weil der Schmerz von der Leine, die über seinen Rücken lief, beinah jenseits allen Schmerzes war und in eine Dumpfheit übergegangen war, der er mißtraute. – Aber ich hab schon Schlimmeres als das gehabt, dachte er. Meine Hand ist nur ein bißchen zerschnitten, und der Krampf ist aus der andern verschwunden. Meine Beine sind in Ordnung. Und jetzt bin ich ihm, auch was die Ernährung betrifft, über.

Es war jetzt dunkel, wie es im September, wenn die Sonne untergegangen ist, schnell dunkel wird. Er lag gegen das abgenutzte Holz des Bugs und ruhte sich aus, so gut er konnte. Die ersten Sterne waren da. Er kannte den Rigel nicht dem Namen nach, aber er sah ihn und wußte, daß sie bald alle da sein würden und er all seine fernen Freunde um sich haben würde.

«Der Fisch ist auch mein Freund», sagte er laut. «Ich hab noch nie solchen Fisch gesehen und auch nie von so einem gehört. Aber ich muß ihn töten. Ich bin froh, daß wir nicht versuchen müssen, die Sterne zu töten.»

Stell dir mal vor, wenn ein Mann jeden Tag versuchen müßte, den Mond zu töten, dachte er. Der Mond läuft davon. Aber stell dir mal vor, wenn ein Mann jeden Tag versuchen sollte, die Sonne zu töten. Wir sind noch glücklich dran, dachte er.

Dann tat ihm der große Fisch, der nichts zu fressen hatte, leid, aber sein Entschluß, ihn zu töten, wurde durch sein Mitgefühl für ihn nicht geschwächt. – Wie vielen Menschen wird er als Nahrung dienen, dachte er. Aber sind sie's wert, ihn zu essen? Nein, natürlich nicht. Es gibt niemand, der's wert ist, ihn zu essen, wenn man die Art seines Verhaltens und seine ungeheure Würde bedenkt.

Ich verstehe diese Dinge nicht, dachte er. Aber es ist gut, daß wir nicht versuchen müssen, die Sonne oder den Mond oder die Sterne zu töten.

Es ist schlimm genug, von der See zu leben und unsere eigenen Brüder zu töten.

Jetzt, dachte er, muß ich über die Bremse nachdenken. Sie hat ihre Gefahren und ihre Vorzüge. Vielleicht verliere ich so viel Leine, daß ich *ihn* verliere, sobald er wirklich loszieht und die von den Riemen hergestellte Bremse in Aktion tritt und das Boot seine ganze Leichtigkeit verliert. Seine Leichtigkeit verlängert unser Leiden, seins und meins, aber es ist meine Sicherung, da er über eine ungeheure Geschwindigkeit verfügt, die er bisher noch nicht benutzt hat. Ganz gleich, was passiert, ich muß die Makrele ausweiden, damit sie nicht verdirbt, und etwas von ihr essen, damit ich bei Kräften bleibe.

Jetzt will ich mich noch eine Stunde ausruhen und mich überzeugen, daß er ruhig und stetig ist, bevor ich ins Heck zurückgehe, um das Notwendige zu tun und meinen Entschluß zu fassen. Inzwischen kann ich sehen, wie er sich benimmt und ob er irgendwelche Veränderungen zeigt. Das mit den Riemen ist ein guter Trick, aber die Zeit ist gekommen, wo man nichts riskieren darf. Er ist immer noch ein Kerl von einem Fisch, und ich hab gesehen, daß der Haken in einer Ecke seines Maules saß und er sein Maul fest zugeklemmt hielt. Der Haken setzt ihm gar nicht zu, aber der Hunger setzt ihm arg zu und daß er sich einer Sache gegenübersieht, die er nicht versteht. Ruh dich jetzt aus, alter Freund, und laß ihn arbeiten, bis deine nächste Aufgabe drankommt.

Er glaubte, daß er sich ungefähr zwei Stunden ausgeruht hatte. Der Mond ging jetzt erst spät auf, und er hatte nichts, um die Zeit festzustellen. Er ruhte sich auch nicht richtig aus, sondern nur vergleichsweise. Er ertrug immer noch das Ziehen des Fisches über den Schultern, aber er legte die linke Hand jetzt auf das Dollbord des Bugs und vertraute mehr und mehr von dem Widerstand gegen den Fisch dem Boot an. Wie einfach es sein würde, wenn ich die Leine festmachen könnte, dachte er. Aber mit einem kleinen Ruck könnte er sie zerreißen. Ich muß das Ziehen der Leine mit meinem Körper wie mit einem Polster abfangen und jederzeit bereit sein, mit beiden Händen Leine zu geben. «Aber du hast noch nicht geschlafen, alter Freund», sagte er laut. «Es ist ein halber Tag und eine Nacht und jetzt wieder ein Tag, und du hast nicht geschlafen. Du mußt dir etwas ausdenken, damit du ein bißchen schläfst, wenn er ruhig und stetig schwimmt. Wenn du nicht schläfst, kannst du wirr im Kopf werden.»

Mein Kopf ist ganz klar, dachte er. Zu klar. Er ist so klar wie die Sterne, die meine Brüder sind. Trotzdem muß ich schlafen. Sie schlafen, und der Mond und die Sonne schlafen, und selbst der Ozean schläft manchmal an gewissen Tagen, wenn keine Strömung steht und es windstill ist.

Aber vergiß nicht zu schlafen, dachte er. Tu es auch bestimmt und denk dir irgendeine sichere und einfache Geschichte mit den Leinen aus. Jetzt geh nach achtern und mach die Makrele zurecht. Es ist zu gefährlich, die Riemen als Bremse zu takeln, wenn du schlafen mußt.

Ich könnte ohne Schlaf auskommen, sagte er zu sich. Aber es wäre zu gefährlich.

Er begann, sich auf Händen und Knien nach achtern zurückzuarbeiten, vorsichtig, um nicht gegen den Fisch anzurucken. – Vielleicht schläft auch er halb, dachte er. Aber ich will nicht, daß er sich ausruht. Er muß ziehen, bis er stirbt.

Als er wieder im Heck war, drehte er sich um, so daß seine linke Hand den Druck der Leine, die über seine Schultern lief, hielt, und zog mit der rechten Hand sein Messer aus der Scheide. Die Sterne glänzten jetzt hell, und er sah die Goldmakrele deutlich, und er stieß ihr die Klinge des Messers in den Kopf und zog sie unter dem Heck hervor. Er setzte den einen Fuß auf den Fisch und schlitzte ihn schnell vom After bis zum Unterkiefer auf. Dann legte er sein Messer hin und entweidete ihn mit der rechten Hand, nahm ihn sauber aus und riß ihm die Kiemen heraus. Der Magen lag schwer und schlüpfrig in seinen Händen, und er schlitzte ihn auf. Innendrin waren zwei fliegende Fische. Sie waren frisch und fest, und er legte sie nebeneinander und ließ die Eingeweide und die Kiemen übers Heck fallen. Sie sanken und hinterließen eine leuchtende Spur im Wasser. Die Makrele war kalt und jetzt bei Sternenlicht von einem aussatzartigen Grauweiß, und der alte Mann enthäutete die eine Seite, während er den rechten Fuß auf dem Kopf des Fisches hielt. Dann drehte er ihn um und enthäutete die andere Seite und schnitt beide Seiten vom Kopf bis zum Schwanz hinunter los.

Er ließ das Gerippe über Bord gleiten und blickte ihm nach, um zu sehen, ob sich irgendein Wirbel im Wasser zeigte. Aber er sah nur das Leuchten, als es langsam versank. Dann drehte er sich um und legte die beiden fliegenden Fische in die beiden Fischfilets und steckte sein Messer in die Scheide zurück und arbeitete sich langsam wieder zum Bug hin. Sein Rücken war durch das

Gewicht der quer über ihn laufenden Leine gekrümmt, und er trug die Fische in der rechten Hand.

Als er wieder vorn war, breitete er die beiden Fischfilets auf dem Holz aus und legte die fliegenden Fische daneben. Danach rückte er die Leine über seinen Schultern an eine andere Stelle und hielt sie wieder mit der linken Hand, die auf dem Dollbord ruhte. Dann beugte er sich über die Seite und wusch die fliegenden Fische im Wasser und stellte die Geschwindigkeit des Wassers gegen seine Hand fest. Seine Hand phosphoreszierte vom Abhäuten der Fische, und er beobachtete, wie das Wasser gegen sie strömte. Die Strömung war weniger stark, und als er die Seite seiner Hand gegen die Planken des Bootes rieb, schwemmten Phosphorteilchen ab und trieben langsam achteraus.

«Er wird müde oder er ruht sich aus», sagte der alte Mann. «Jetzt laß mich erst mal die Makrele hinter mich bringen und mich etwas ausruhen und ein bißchen schlafen.» Unter den Sternen und in der immer kälter werdenden Nacht aß er die Hälfte eines der Makrelenfilets und einen der fliegenden Fische, den er ausgenommen und dem er den Kopf abgeschnitten hatte.

«Was für ein ausgezeichneter Fisch eine gekochte Makrele ist», sagte er. «Und was für ein jämmerlicher Fisch roh. Ich werde niemals wieder ohne Salz oder Limonen in einem Boot hinausfahren.»

Wenn ich Verstand hätte, würde ich den ganzen Tag lang Wasser über die Plicht gespritzt haben, und beim Trocknen hätte es Salz gegeben, dachte er. Aber ich habe die Makrele schließlich erst kurz vor Sonnenuntergang angehakt. Trotzdem war es ein Mangel an Vorsorge. Aber ich habe alles gut gekaut, und mir ist nicht übel.

Nach Osten zu bewölkte sich der Himmel, und ein Stern nach dem andern, den er kannte, verschwand. Es sah jetzt aus, als triebe er in eine ungeheure Wolkenschlucht hinein, und der Wind hatte sich gelegt.

«In drei oder vier Tagen gibt es schlechtes Wetter», sagte er. «Aber nicht heute nacht und nicht morgen. Takel sie jetzt auf, alter Freund, damit du zum Schlafen kommst, während der Fisch ruhig und stetig schwimmt.»

Er hielt die Leine fest in der rechten Hand und preßte dann den Oberschenkel gegen die rechte Hand, als er sein ganzes Gewicht gegen die Bordwand lehnte. Dann ließ er die Leine etwas tiefer über seine Schultern laufen und stützte sie mit der linken Hand.

Meine rechte Hand kann sie dort so lange halten, wie sie gestützt wird, dachte er. Wenn sie im Schlaf entspannt, wird mich meine linke Hand wecken, wenn die Leine ausläuft. Es ist schlimm für die rechte Hand. Aber sie ist allerlei gewohnt. Selbst wenn ich nur zwanzig Minuten oder eine halbe Stunde schlafe, ist es gut. Er lehnte sich vornüber und drückte seinen ganzen Körper hemmend gegen die Leine und legte sein ganzes Gewicht auf seine rechte Hand, und schon schlief er.

Er träumte nicht von den Löwen, sondern statt dessen von einem riesigen Schwarm von Tümmlern, der sich über acht oder zehn Meilen erstreckte, und es war die Zeit ihrer Paarung, und sie sprangen hoch in die Luft und kehrten in dasselbe Loch, das sie beim Springen im Wasser gemacht hatten, wieder zurück.

Dann träumte er, daß er im Dorf war, auf seinem Bett, und es wehte ein Nordwind, und er fror sehr, und sein rechter Arm war eingeschlafen, weil sein Kopf auf ihm statt auf einem Kissen gelegen hatte.

Danach begann er, von dem langen gelben Strand zu träumen, und er sah den ersten Löwen in der frühen Dunkelheit herunterkommen, und dann kamen die anderen Löwen, und er stützte sein Kinn auf die Planken der Back des in der abendlichen Landbrise vor Anker liegenden Schiffes und wartete darauf, ob noch mehr Löwen kommen würden, und er war glücklich.

Der Mond war bereits lange aufgegangen, aber er schlief weiter, und der Fisch zog stetig, und das Boot bewegte sich in den Wolkentunnel hinein.

Er wachte auf, als seine rechte Faust ihm mit einem Ruck ins Gesicht fuhr und die Leine glühheiß durch seine rechte Hand davonraste. Er fühlte seine linke Hand nicht, aber er bremste, so stark er konnte, mit der rechten, und die Leine raste weg. Schließlich faßte seine linke Hand die Leine, und er lehnte sich gegen die Leine zurück, und jetzt brannte sie auf seinem Rücken und in seiner linken Hand, und seine linke Hand hatte den ganzen einschneidenden Druck zu ertragen. Er blickte auf die Reserveleine, die reibungslos ablief. In dem Augenblick sprang der Fisch und riß den Ozean gewaltig auf und fiel dann schwer zurück. Dann sprang er wieder und wieder, und das Boot fuhr schnell, obwohl immer noch Leine wegraste und der alte Mann den Druck bis zum Zerreißen steigerte und er ihn wieder und wieder bis zum Zerreißen steigerte. Er war in die Plicht hinuntergerissen worden und lag mit dem Gesicht in dem abgeschnittenen Stück Makrele, und er konnte sich nicht rühren.

Darauf haben wir gewartet, dachte er. Jetzt heißt es durchhalten.

Für die Leine soll er aber zahlen, dachte er. Dafür soll er zahlen.

Er konnte die Sprünge des Fisches nicht sehen, sondern hörte nur das Aufbrechen des Ozeans und das schwere Klatschen, wenn er zurückfiel. Die wegsausende Leine schnitt furchtbar in seine Hände, aber er hatte immer gewußt, daß das passieren würde, und er bemühte sich, die Leine über die schwieligen Stellen laufen zu lassen und zu verhindern, daß sie in die Handflächen rutschte oder in seine Finger schnitt. – Wenn der Junge da wäre, würde er die Leine anfeuchten, dachte er. Ja, wenn der Junge da wäre. Wenn der Junge da wäre.

Die Leine zog hinaus und hinaus und hinaus, aber sie lief jetzt langsamer, und er zwang den Fisch, sich jeden Zentimeter zu erkämpfen. Jetzt kriegte er seinen Kopf vom Holz hoch, aus dem Stück Fisch heraus, das seine Backe gequetscht hatte. Dann war er auf den Knien, und dann stand er langsam auf. Er gab Leine ab, aber die ganze Zeit über langsamer. Er arbeitete sich dorthin zurück, wo er mit seinem Fuß die Reserveleine fühlen konnte, die er nicht sehen konnte. Er hatte noch reichlich Leine, und jetzt mußte der Fisch die Reibung von all der neuen Leine durch das Wasser ziehen.

Ja, dachte er. Und jetzt ist er häufiger als ein dutzendmal gesprungen und hat die Luftsäcke in seinem Rücken mit Luft gefüllt, und er kann nicht tief hinunterziehen, um zu sterben, von wo ich ihn nicht wieder heraufholen kann. Bald wird er zu kreisen anfangen, und dann muß ich ihn drillen. Was ihn wohl so plötzlich zum Losgehen gebracht hat? Kann ihn der Hunger zur Verzweiflung getrieben haben oder hat ihn irgend etwas in der Nacht geängstigt? Vielleicht hat er plötzlich Angst gehabt. Aber er war solch ein ruhiger, starker Fisch, und er schien so furchtlos zu sein und so zuversichtlich. Es ist merkwürdig.

«Sei du lieber selbst furchtlos und zuversichtlich, alter Freund», sagte er. «Du hältst ihn wieder, aber du kriegst keine Leine rein. Aber bald muß er kreisen.»

Der alte Mann hielt ihn jetzt mit seiner linken

Hand und seinen Schultern und bückte sich hinunter und schöpfte mit der rechten Hand Wasser, um das zerquetschte Makrelenfleisch von seinem Gesicht abzuwischen. Er hatte Angst, daß ihm davon übel werden könne und er erbrechen und dadurch Kraft verlieren würde. Als sein Gesicht gesäubert war, wusch er seine Hand im Wasser über Bord und ließ sie dann im Salzwasser, während er das Kommen der Dämmerung beobachtete, ehe die Sonne aufging. – Er nimmt beinahe Kurs nach Osten, dachte er. Das bedeutet, daß er müde ist und mit der Strömung schwimmt. Bald wird er kreisen müssen. Dann beginnt die wirkliche Arbeit.

Als er fand, daß seine rechte Hand lange genug im Wasser gewesen war, nahm er sie heraus und besah sie sich.

«Es ist nicht schlimm», sagte er. «Und Schmerzen machen einem Mann nichts.»

Er ergriff behutsam die Leine, damit sie nicht in irgendeinen der frischen Schnitte rutschte, und verlagerte sein Gewicht so, daß er seine linke Hand auf der anderen Seite des Bootes in die See halten konnte.

«Für etwas Wertloses hast du dich gar nicht so schlecht gehalten», sagte er zu seiner linken

Hand. «Aber es gab einen Augenblick, wo du nicht da warst.»

Warum bin ich nicht mit zwei guten Händen geboren? dachte er. Vielleicht war es meine Schuld, weil ich die da nicht ordentlich trainiert habe. Aber weiß Gott, sie hat genug Gelegenheit gehabt, was zu lernen. Heute nacht hat sie sich auch gar nicht so schlecht gehalten, und sie hat sich nur einmal verkrampft. Wenn sie sich noch einmal verkrampft, soll die Leine sie abschneiden.

Als er das dachte, wußte er, daß er nicht ganz klar im Kopf war, und er dachte, ich muß noch etwas von der Makrele essen. – Aber ich kann nicht, sagte er zu sich. Es ist besser, man ist nicht klar im Kopf, als daß man seine Kraft durch Übelkeit verliert. Und ich weiß, ich kann es nicht bei mir behalten, wenn ich es esse, weil ich mit dem Gesicht darin war. Ich heb es für den Notfall auf, bis es verdirbt. Aber jetzt ist es zu spät, sich durch Essen bei Kräften halten zu wollen. Du bist dumm, sagte er zu sich. Iß doch den zweiten fliegenden Fisch. Er war da, ausgenommen und bereit, und er nahm ihn mit der linken Hand hoch und aß ihn und lutschte sorgfältig die Gräten ab und aß das Ganze bis auf den Schwanz.

Er hat mehr Nährwerte als irgendein anderer

Fisch, dachte er. Jedenfalls die Art von Kraft, die ich brauche. Jetzt hab ich alles, was ich kann, getan, dachte er. Jetzt soll er anfangen zu kreisen, und der Kampf soll losgehen.

Die Sonne erhob sich zum drittenmal, seit er auf See war, als der Fisch zu kreisen begann.

An der Neigung der Leine konnte er nicht sehen, daß der Fisch kreiste. Dafür war es zu früh. Er fühlte nur ein schwaches Nachlassen von dem Druck der Leine, und er begann, behutsam mit der rechten Hand an ihr zu ziehen. Sie straffte sich wie immer, aber gerade als er den Punkt erreicht hatte, wo sie zu zerreißen drohte, begann Leine hereinzukommen. Er zog Kopf und Schultern unter der Leine hervor und fing an, behutsam und stetig Leine einzuholen. Er zog Hand über Hand und bemühte sich, soweit er konnte, mit Körper und Beinen zu ziehen. Seine alten Beine und Schultern drehten sich mit, als er Hand über Hand zog.

«Es ist ein sehr großer Kreis», sagte er. «Aber er kreist.» Dann kam keine Leine mehr herein, und er hielt sie, bis er in der Sonne die Tropfen von ihr springen sah. Dann lief sie aus, und der alte Mann kniete sich hin und ließ sie widerwillig in das dunkle Wasser zurücklaufen.

«Jetzt ist er am äußersten Ende des Kreises», sagte er. – Ich muß halten, was ich nur kann, dachte er. Die Anstrengung wird seinen Kreis jedesmal verkleinern. Vielleicht werde ich ihn in einer Stunde sehen. Jetzt muß ich ihn kleinkriegen, und dann muß ich ihn töten.

Aber der Fisch kreiste langsam immer weiter, und zwei Stunden später war der alte Mann naß von Schweiß und bis in die Knochen müde. Aber die Kreise waren jetzt viel kleiner, und an der Art, wie die Leine sich neigte, konnte er sehen, daß der Fisch, während er schwamm, stetig gestiegen war.

Seit einer Stunde hatte der alte Mann schwarze Punkte vor den Augen gesehen, und der Schweiß lief ihm salzig in die Augen und brannte in den Verletzungen über seinem Auge und auf der Stirn. Er hatte keine Angst vor den schwarzen Punkten. Das war normal bei der Anspannung, mit der er an der Leine zog. Zweimal jedoch hatte er sich schwach und schwindlig gefühlt, und das hatte ihn beunruhigt.

«Ich darf mich nicht selbst im Stich lassen und mit solch einem Fisch an der Leine sterben», sagte er. «Jetzt, wo er so wunderbar rankommt, hilf mir, lieber Gott, daß ich durchhalte. Ich will hundert Vaterunser und hundert Ave Maria beten, aber jetzt kann ich nicht.» Betrachte sie als gesagt, dachte er. Ich sage sie später.

Gerade in dem Augenblick spürte er ein plötzliches Schlagen und Rucken an der Leine, die er mit beiden Händen hielt. Es fühlte sich scharf und hart und schwer an.

Er schlägt mit seinem Schwert gegen die Drahtöse, dachte er. Das mußte kommen. Das mußte er tun. Vielleicht springt er aber daraufhin, und ich hätte lieber, daß er weiter kreist. Das Springen war notwendig für ihn, um Luft einzuziehen. Aber jetzt kann jeder Sprung die Öffnung der Hakenwunde erweitern, und er kann den Haken abwerfen.

«Spring nicht, Fisch», sagte er. «Spring nicht.»

Der Fisch traf den Draht noch verschiedene Male, und jedesmal, wenn er mit dem Kopf stieß, gab der alte Mann ein bißchen Leine raus. – Ich darf seine Schmerzen nicht größer werden lassen, dachte er. Meine sind ganz egal. Meine kann ich beherrschen. Aber seine Schmerzen können ihn zum Wahnsinn treiben.

Nach einer Weile hörte der Fisch auf, gegen den Draht zu schlagen, und fing wieder an, langsam zu kreisen. Der alte Mann holte jetzt stetig

Leine ein. Aber er fühlte sich wieder schwindlig. Er schöpfte mit seiner linken Hand etwas Seewasser und goß es sich über den Kopf. Dann goß er noch mehr darauf und rieb sich den Nacken.

«Ich habe keine Krämpfe», sagte er. «Bald wird er oben sein, und ich kann es durchstehen. Du mußt es durchstehen. Darüber ist gar nicht zu reden.»

Er kniete in der Vorplicht, und einen Augenblick lang streifte er die Leine wieder über den Rücken. Ich werde mich jetzt ausruhen, während er den Kreis ausschwimmt, beschloß er, und dann aufstehen und ihn drillen, wenn er näher kommt.

Es war eine große Versuchung, sich in der Plicht auszuruhen und den Fisch einen Kreis allein machen zu lassen, ohne etwas Leine zurückzuerobern. Aber als der Druck andeutete, daß der Fisch gewendet hatte und sich dem Boot wieder näherte, stand der alte Mann auf und begann das Drehen und schwingende Ziehen, durch das er die Leine hereinbekam, die er dem Fisch abgewann.

Ich bin müder, als ich je gewesen bin, dachte er, und jetzt kommt der Passatwind auf. Aber das wird gut sein, um ihn nachher reinzuschleppen. Den brauche ich dringend.

«Ich werde mich bei der nächsten Wendung, wenn er rausschwimmt, ausruhen», sagte er. «Ich fühl mich viel besser. Noch zwei oder drei Wendungen, und ich werde ihn haben.»

Sein Strohhut saß ihm weit hinten auf dem Kopf, und die straff werdende Leine zog den alten Mann in die Plicht hinunter, als er fühlte, wie der Fisch wendete.

Arbeit du jetzt, Fisch, dachte er. Ich werde dich drillen, wenn du wendest.

Die See war wesentlich bewegter. Aber es war eine Schönwetterbrise, und die brauchte er, um nach Hause zu kommen.

«Ich werde einfach nach Süden und Westen steuern», sagte er. «Auf See ist ein Mann nie verloren, und die Insel ist groß.»

Bei der dritten Wendung sah er den Fisch zum erstenmal.

Er sah ihn zuerst als dunklen Schatten, der so lange brauchte, um unter dem Boot hindurchzukommen, daß er es kaum glauben konnte.

«Nein», sagte er. «So groß kann er nicht sein.»

Aber er war so groß, und nach Beendigung dieses Kreises kam er noch keine dreißig Meter weit entfernt an die Oberfläche, und der alte Mann sah seinen Schwanz aus dem Wasser ragen. Er war größer als ein großes Sensenblatt und ganz hell lavendelfarben über dem dunkelblauen Wasser. Er fiel zurück, und da der Fisch dicht unterhalb der Oberfläche schwamm, konnte der alte Mann seinen riesigen Umfang und die violetten Streifen, die ihn umgürteten, sehen. Seine Rückenflosse war angelegt, und seine riesigen Bauchflossen waren weit gespreizt.

Bei diesem Kreis konnte der alte Mann das Auge des Fisches sehen und die zwei grauen Saugfische, die um ihn herumschwammen. Manchmal schlossen sie sich ihm an. Manchmal schossen sie fort. Manchmal schwammen sie leicht in seinem Schatten. Sie waren jeder über drei Fuß lang, und wenn sie schnell schwammen, schnellten sie wie Aale ihren ganzen Körper vorwärts.

Der alte Mann schwitzte jetzt, aber noch von etwas anderem als von der Sonne. Bei jeder ruhigen, gelassenen Wendung, die der Fisch machte, gewann er Leine, und er war sicher, daß er nach zwei weiteren Wendungen eine Chance haben würde, seine Harpune in ihn hineinzustoßen.

Aber ich muß ihn ganz, ganz dicht dran haben, dachte er. Ich darf nicht auf den Kopf zielen, ich muß das Herz treffen.

«Sei ruhig und stark, alter Freund», sagte er.

Beim nächsten Kreis war der Rücken des Fisches draußen, aber er war ein wenig zu weit vom Boot entfernt. Beim nächsten Kreis war er noch zu weit entfernt, aber er war höher aus dem Wasser heraus, und der alte Mann war sicher, daß er nur noch etwas Leine hereinbekommen mußte, um ihn längsseits zu kriegen.

Er hatte seine Harpune lange vorher aufmontiert, und ihre Rolle von dünnem Tau war in einem runden Korb, und das Ende war im Beting in der Plicht befestigt.

Der Fisch kam jetzt, als er seinen Kreis beschrieb, ruhig und wunderschön aussehend heran, und nur sein großer Schwanz bewegte sich. Der alte Mann zog, so stark er konnte, um ihn näher heranzuholen. Einen Augenblick lang legte sich der Fisch ein wenig um auf die Seite. Dann richtete er sich auf und begann einen neuen Kreis.

«Ich hab ihn gedreht», sagte der alte Mann. «Eben hab ich ihn gedreht.»

Jetzt fühlte er sich wieder schwindlig, aber er hielt den großen Fisch, soweit er konnte, im Druck. – Ich hab ihn gedreht, dachte er. Vielleicht kann ich ihn diesmal herüberlotsen. Zieht, Hände, dachte er. Steht mir bei, Beine. Halt durch, Kopf. Halt durch. Du hast mich nie im Stich gelassen. Diesmal werde ich ihn herumkriegen.

Aber als er eine Riesenanstrengung machte – er begann damit, lange bevor der Fisch längsseits kam – und mit allen Kräften zog, legte sich der Fisch etwas seitwärts und richtete sich dann auf und schwamm davon.

«Fisch», sagte der alte Mann. «Fisch, du mußt sowieso sterben. Mußt du mich auch töten?»

Auf diese Art ist gar nichts gewonnen, dachte er. Sein Mund war zu trocken, um zu sprechen, aber er konnte jetzt nicht nach der Wasserflasche greifen. – Diesmal muß ich ihn längsseits kriegen, dachte er. Viele Wendungen kann ich nicht mehr aushalten. Doch, du kannst, sagte er zu sich. Du kannst ewig aushalten.

Bei der nächsten Wendung hatte er ihn beinahe. Aber wieder richtete sich der Fisch auf und schwamm langsam davon.

Du tötest mich, Fisch, dachte der alte Mann. Aber dazu bist du berechtigt. Niemals habe ich etwas Größeres und Schöneres oder Ruhigeres oder Edleres gesehen als dich, Bruder. Komm nur und töte mich. Mir ist es gleich, wer wen tötet.

Jetzt wirst du wirr im Kopf, dachte er. Du

mußt einen klaren Kopf behalten. Behalt einen klaren Kopf und sieh zu, daß du es wie ein Mann erträgst. Oder wie ein Fisch, dachte er.

«Komm klar, Kopf», sagte er mit einer Stimme, die er kaum hören konnte. «Komm klar, Kopf.»

Noch zweimal geschah dasselbe bei den Wendungen. Ich versteh es nicht, dachte der alte Mann. Ihm war jedesmal beinahe schwarz vor den Augen geworden. – Ich versteh es nicht. Aber ich werde es noch einmal versuchen.

Er versuchte es noch einmal, und er fühlte, wie ihm schwarz vor Augen wurde, als er den Fisch herüberzwang. Der Fisch richtete sich auf und schwamm, den großen Schwanz durch die Luft schwenkend, langsam wieder davon.

Ich versuche es noch einmal, sprach sich der alte Mann Mut zu, obwohl seine Hände jetzt zerquetscht waren und er nur noch ab und zu richtig sehen konnte.

Er versuchte es noch einmal, und es war dasselbe. – Also, dachte er, und er fühlte, daß ihm schwindlig wurde, bevor er anfing, ich werde es noch einmal versuchen.

Er faßte all seinen Schmerz zusammen und was von seiner Kraft übrig war und seinem lang dahingeschwundenen Stolz, und er setzte es gegen den Todeskampf des Fisches, und der Fisch drehte sich auf die Seite und schwamm ruhig auf der Seite, und sein Schnabel berührte beinahe die Planken des Bootes, und er begann, langsam im Wasser an dem Boot vorbeizuziehen, lang, tief, breit, silbern und violett gestreift und ohne Ende.

Der alte Mann ließ die Leine fallen und setzte seinen Fuß darauf und hob die Harpune, so hoch wie er konnte, und stieß sie mit aller Kraft und frischer Kraft, die er gerade aufgebracht hatte, in die Seite des Fisches hinein, gerade hinter der großen Brustflosse, die hoch in die Luft bis zur Brusthöhe des Mannes stand. Er fühlte, wie das Eisen hineinging, und er lehnte sich drauf und trieb es weiter, und dann stieß er mit seinem ganzen Gewicht nach.

Nun wurde der Fisch lebendig, als er den Tod in sich spürte, und sprang hoch aus dem Wasser empor und zeigte seine ungeheure Länge und Breite und seine ganze Macht und Schönheit. Er schien über dem alten Mann in dem Boot in der Luft zu hängen. Dann fiel er krachend ins Wasser, so daß Schaum über den alten Mann und über das ganze Boot spritzte.

Dem alten Mann war schwindlig und übel, und

er konnte nicht recht sehen, aber er entwirrte die Harpunenleine und ließ sie langsam durch seine wunden Hände laufen, und als er sehen konnte, sah er, daß der Fisch mit seinem silbernen Bauch nach oben, auf dem Rücken lag. Der Schaft der Harpune ragte in einem Winkel aus der Schulter des Fisches hervor, und die See verfärbte sich durch das Rot von dem Blut seines Herzens. Zuerst war es dunkel wie eine Untiefe in dem blauen Wasser, das mehr als eine Meile tief war. Dann breitete es sich wie eine Wolke aus. Der Fisch war silbrig und bewegungslos und trieb mit den Wellen.

Der alte Mann blickte in der flüchtigen Vision, die er hatte, aufmerksam um sich. Dann schlug er die Harpunenleine zweimal um die Beting unter der Plicht und legte den Kopf auf die Hände.

«Daß nur mein Kopf klar bleibt», sagte er gegen das Holz des Bugs. «Ich bin ein müder alter Mann. Aber ich habe diesen Fisch getötet, der mein Bruder ist, und jetzt kommt noch die ganze Plackerei.»

Jetzt muß ich die Schlingen vorbereiten und das Tau, um ihn längsseits zu vertäuen, dachte er. Selbst wenn wir zwei wären und das Boot beim Laden voll Wasser kriegten und es ausschöpften, würde es ihn niemals fassen. Ich muß alles vorbereiten, ihn dann ranholen und ihn gut vertäuen und den Mast aufrichten und das Segel für die Rückfahrt setzen.

Er begann den Fisch heranzuholen, um ihn längsseits zu haben, damit er ihm eine Leine durch Kiemen und Maul ziehen und seinen Kopf am Bug festmachen konnte. – Ich möchte ihn sehen, dachte er, und ihn anfassen und ihn befühlen. Er ist mein ganzer Reichtum, dachte er. Aber deswegen will ich ihn nicht befühlen. Ich glaube, ich habe sein Herz gefühlt, dachte er. Als ich das zweite Mal gegen den Harpunenschaft stieß. Hol ihn jetzt heran und mach ihn fest und laß die Schlinge um seinen Schwanz gehen und eine zweite um seinen Rumpf, um ihn an das Boot zu binden.

«An die Arbeit, alter Freund», sagte er. Er trank einen sehr kleinen Schluck Wasser. «Jetzt gibt es eine Menge Plackerei, wo der Kampf vorüber ist.»

Er blickte in den Himmel hinauf und dann hinaus auf seinen Fisch. Er blickte abschätzend nach der Sonne. – Es ist nicht viel später als Mittag, dachte er. Und der Passatwind frischt auf. Die Leinen sind mir jetzt alle ganz egal. Der Junge und ich werden sie splißen, wenn wir zu Hause sind.

«Los, komm, Fisch», sagte er. Aber der Fisch kam nicht. Statt dessen lag er da und wälzte sich in den Wellen, und der alte Mann ruderte das Boot zu ihm heran.

Als er mit ihm auf gleicher Höhe war und der Kopf des Fisches gegen den Bug lag, konnte er einfach nicht glauben, daß er so groß war. Aber er löste die Harpunenleine von der Beting, zog sie durch die Kiemen des Fisches und durch seinen Rachen hinaus, machte eine Schlinge um sein Schwert, zog dann die Leine durch die andere Kieme, machte eine zweite Schlinge um den Schnabel und befestigte die doppelte Leine an der Beting in der Plicht. Dann schnitt er die Leine durch und ging achtern, um den Schwanz anzuschlingen. Das ursprüngliche Violett und Silber des Fisches hatte sich in Silber verwandelt, und die Streifen zeigten dieselbe blaßviolette Farbe wie sein Schwanz. Sie waren breiter als eine Männerhand mit ausgespreizten Fingern, und das Auge des Fisches blickte so starr wie die Spiegel in einem Periskop oder wie ein Heiliger in einer Prozession.

«Es war die einzige Art, wie man ihn töten

konnte», sagte der alte Mann. Seit dem Schluck Wasser fühlte er sich wohler, und er wußte, daß es nicht mit ihm zu Ende ging und daß sein Kopf klar war. – Er wiegt über fünfzehnhundert Pfund, so wie er ist, dachte er. Vielleicht viel mehr. Wenn er ausgenommen zwei Drittel davon wiegt, zu 30 Cents das Pfund?

«Dazu brauch ich einen Bleistift», sagte er. «So klar ist mein Kopf doch nicht. Aber ich glaube, der große DiMaggio würde heute stolz auf mich sein. Ich hatte keine Knochensporne. Aber der Rücken und die Hände taten furchtbar weh.» – Was wohl ein Knochensporn ist? dachte er. Vielleicht haben wir welche, ohne es zu wissen.

Er vertäute den Fisch am Bug, am Heck und an der mittleren Ducht. Er war so groß, als ob man ein viel größeres Boot längsseits festmachte. Er schnitt ein Stück Leine ab und schnürte den Unterkiefer des Fisches mit seinem Schnabel zusammen, damit sein Maul sich nicht öffnen konnte und sie mit möglichst geringem Widerstand segeln würden. Dann richtete er den Mast auf, und an dem Stock, der seine Gaffel war, und an seiner aufgetakelten Spiere füllte sich das geflickte Segel, und das Boot begann, sich zu bewegen, und er segelte, im Heck halb liegend, südwestwärts.

Er brauchte keinen Kompaß, um zu wissen, wo Südwesten war. Er brauchte nur den Passatwind und das Ziehen seines Segels zu beobachten. Ich stecke wohl lieber eine kleine Angelschnur mit einem Blinker daran aus und seh zu, daß ich was zu essen bekomme. Aber er konnte keinen Blinker finden, und seine Sardinen waren verfault. Deshalb hakte er im Vorbeikommen ein Stückchen gelben Seetangs mit dem Fischhaken und schüttelte es, so daß die kleinen Garnelen, die darin waren, auf die Planken des Bootes fielen. Es waren mehr als ein Dutzend, und sie sprangen und stießen um sich wie Sandflöhe. Der alte Mann knipste mit Daumen und Zeigefinger ihre Köpfe ab und aß sie und lutschte die Schalen und die Schwänze aus. Sie waren sehr winzig, aber er wußte, daß sie nahrhaft waren, und sie schmeckten gut.

Der alte Mann hatte noch zwei Schluck Wasser in der Flasche, und er nahm einen halben, nachdem er die Garnelen gegessen hatte. Das Boot segelte gut, wenn man die Handicaps in Betracht zog, und er steuerte mit der Ruderpinne unter dem Arm. Er konnte den Fisch sehen, und er brauchte nur seine Hände zu betrachten und seinen Rücken gegen das Heck zu lehnen, um zu wissen, daß dies wirklich passiert war und er nicht träumte. Einmal, als ihm ziemlich zum Schluß so schlecht gewesen war, hatte er gedacht, vielleicht ist es ein Traum. Dann, als er den Fisch aus dem Wasser herauskommen und bewegungslos im Himmel hatte hängen sehen, bevor er fiel, wußte er, daß hier etwas ganz Seltsames geschah, und er konnte es nicht fassen. Dann konnte er nicht recht sehen, obwohl er jetzt so gut wie je zuvor sah.

Jetzt wußte er: der Fisch war da, und seine Hände und sein Rücken waren kein Traum. – Die Hände heilen schnell, dachte er. Ich habe sie ordentlich ausbluten lassen, und das Salzwasser wird sie kurieren. Das dunkle Wasser dieses Golfs ist das beste Heilmittel, das es gibt. Alles, was ich tun muß, ist einen klaren Kopf behalten. Die Hände haben ihre Arbeit getan, und wir haben gute Fahrt. Mit seinem geschlossenen Maul und seinem senkrecht aufgestellten Schwanz segeln wir wie Brüder. Dann wurde ihm ein bißchen wirr im Kopf, und er dachte: Bringt er mich rein oder bringe ich ihn rein? Wenn ich ihn im Schlepp hätte, wäre es gar keine Frage. Auch wenn der Fisch im Boot wäre, aller Würde bar, wäre es gar keine Frage. Aber sie segelten zusammen, aneinandergeseilt, und der alte Mann dachte: Soll *er* mich ruhig reinschleppen, wenn er gern möchte. Ich bin ihm nur durch meine Schliche überlegen, und er hat nichts Böses gegen mich im Sinn.

Sie machten gute Fahrt, und der alte Mann hielt seine Hände im Salzwasser und suchte einen klaren Kopf zu behalten. Am Himmel standen hohe Kumulus- und über ihnen genügend Zirruswolken, so daß der alte Mann wußte, daß der Wind die ganze Nacht über anhalten würde. Der alte Mann blickte den Fisch unentwegt an, um sich zu vergewissern, daß es auch wahr sei. Es verging eine Stunde, ehe ihn der erste Hai anfiel.

Der Hai kam nicht zufällig. Er war von tief unten im Wasser heraufgekommen, als die dunkle Blutwolke sich gesetzt und in der meilentiefen See verteilt hatte. Er war so schnell heraufgekommen und so völlig ohne Vorsicht, daß er die Oberfläche des blauen Wassers durchbrach und in der Sonne war. Dann fiel er zurück in die See und nahm die Witterung auf und begann, auf dem Kurs zu schwimmen, den das Boot und der Fisch genommen hatten.

Manchmal verlor er die Witterung. Aber er nahm sie wieder auf oder auch nur eine Andeutung davon, und er folgte der Fährte schnell und ohne Zögern. Es war ein sehr großer Makohai, der so schnell schwimmen konnte wie der schnellste Fisch im Meer, und alles an ihm war prachtvoll bis auf seinen Rachen. Sein Rücken war so blau wie der eines Schwertfischs, und sein Bauch war silbern und seine Haut war glatt und schön. Er war wie ein Schwertfisch gebaut bis auf seinen riesigen Rachen, der jetzt fest geschlossen war, als er schnell, eben unter der Wasseroberfläche, schwamm und seine hohe Rückenflosse ohne Schwanken das Wasser durchschnitt. Innerhalb der geschlossenen Lippen seines Rachens standen jede seiner acht Reihen Zähne schräg nach innen. Es waren nicht die gewöhnlichen, pyramidenartig geformten Zähne, wie sie fast alle Haie haben. Sie waren wie die Finger eines Mannes geformt, wenn sie sich wie Klauen zusammenkrallten. Sie waren beinahe so lang wie die Finger des alten Mannes und hatten an beiden Seiten rasiermesserscharfe, schneidende Kanten. Dies war ein Fisch, der sich von all den Fischen der See ernähren konnte, die so schnell und stark und gut bewaffnet waren, daß sie keinen anderen Feind hatten. Jetzt legte er Tempo zu, als er die frischere Spur bekam, und seine blaue Rückenflosse durchschnitt das Wasser.

Als der alte Mann ihn kommen sah, wußte er, daß dies ein Hai war, der überhaupt keine Furcht kannte und genau das tun würde, was ihm paßte. Er richtete die Harpune und befestigte die Leine, während er beobachtete, wie der Hai herankam. Die Leine war kurz, da das Stück fehlte, das er abgeschnitten hatte, um den Fisch festzuschnüren.

Der Kopf des alten Mannes war jetzt klar und frisch, und er war voller Entschlußkraft, aber er hatte wenig Hoffnung. – Es ging zu gut, um so zu bleiben, dachte er. Er warf einen Blick auf den großen Fisch, während er beobachtete, wie der Hai näher kam. – Es hätte genausogut ein Traum sein können, dachte er. Ich kann ihn nicht daran hindern, mich anzufallen, aber vielleicht kann ich ihn kriegen. *Dentuso*, dachte er. Unheil deiner Mutter!

Der Hai näherte sich schnell von achtern, und als er den Fisch anfiel, nahm der alte Mann das Aufsperren seines Rachens wahr und seine seltsamen Augen und das knackende Zuschnappen der Zähne, als er gerade oberhalb des Schwanzes in das Fleisch vorstieß. Der Kopf des Hais war über Wasser, und sein Rücken kam heraus, und der alte Mann konnte das Geräusch hören, wie Haut und Fleisch des großen Fisches zerrissen, als er die

Harpune in den Kopf des Hais an einer Stelle einrammte, wo die Linie zwischen den Augen mit der Linie, die senkrecht von seiner Nase zurücklief, sich kreuzte. Es gab keine solchen Linien. Es gab nur den schweren, keilförmigen blauen Kopf und die großen Augen und das Knacken des angreifenden, alles verschlingenden Rachens. Aber dies war die Stelle, wo das Gehirn war, und der alte Mann traf es. Er traf es, als er mit seinen blutig gequetschten Händen seine gute Harpune mit aller Kraft hineinstieß. Er traf es, ohne Hoffnung, aber mit ganzer Feindseligkeit und Entschlußkraft.

Der Hai rollte herum, und der alte Mann sah, daß sein Auge leblos war, und dann rollte er noch einmal herum und verfing sich in zwei Schlingen der Leine. Der alte Mann wußte, daß er tot war, aber der Hai wollte es nicht wahrhaben. Da, auf dem Rücken mit schlagendem Schwanz und knackenden Kiefern, pflügte der Hai durch das Wasser wie ein Rennboot. Das Wasser war weiß, wo sein Schwanz es peitschte, und drei Viertel seines Körpers ragten klar aus dem Wasser heraus, als die Leine sich straffte, erbebte und dann riß. Der Hai lag kurze Zeit ruhig an der Oberfläche, und der alte Mann beobachtete ihn. Dann ging er sehr langsam unter.

«Er hat ungefähr vierzig Pfund abgefetzt», sagte der alte Mann laut. – Er hat auch meine Harpune genommen und die ganze Leine, dachte er, und jetzt blutet mein Fisch wieder, und es werden andere kommen.

Er mochte den Fisch nicht mehr ansehen, seit er verstümmelt war. Als der Hai den Fisch anfiel, war es, als ob er selbst angefallen würde.

Aber ich habe den Hai, der meinen Fisch angefallen hat, getötet, dachte er. Und er war der größte *dentuso*, den ich je gesehen habe. Und weiß Gott, ich habe große gesehen.

Es ging zu gut, um so zu bleiben, dachte er. Jetzt wünschte ich, es wäre ein Traum gewesen, und daß ich den Fisch nie angehakt hätte und daß ich allein im Bett auf den Zeitungen läge.

«Aber der Mensch darf nicht aufgeben», sagte er. «Man kann vernichtet werden, aber man darf nicht aufgeben.» Es tut mir aber doch leid, daß ich den Fisch getötet habe, dachte er. Jetzt kommt das Schlimmste, und ich hab nicht einmal die Harpune. Der *dentuso* ist grausam und fähig und stark und klug. Aber ich war klüger als er. Vielleicht nicht, dachte er. Vielleicht war ich nur besser bewaffnet.

«Denk jetzt nicht, alter Freund», sagte er laut.

«Segle auf deinem Kurs und nimm's auf dich, wenn's kommt.»

Aber ich muß denken, dachte er. Weil das alles ist, was mir bleibt. Das und Baseball. Wie es wohl dem großen DiMaggio gefallen hätte, wie ich ihn ins Gehirn traf? Es war keine große Sache, dachte er. Das könnte jeder. Aber ob wohl meine Hände ein ebenso großes Handicap waren wie sein Knochensporn? Das kann ich nicht wissen. Mein Hacken hat mir niemals zu schaffen gemacht, bis auf das eine Mal, als der Stechrochen beim Schwimmen, wie ich auf ihn trat, hineingestochen hat und das Wadenbein paralysiert war und es unerträglich weh tat.

«Denk an irgend etwas Erfreuliches, alter Freund», sagte er. «Jede Minute bist du jetzt näher an zu Hause. Du segelst um vierzig Pfund leichter.»

Er wußte recht wohl, was geschehen konnte, sobald er den inneren Teil des Stromes erreichte. Aber jetzt ließ sich nichts dagegen tun.

«Doch, läßt sich», sagte er laut. «Ich kann mein Messer an den Griff von einem der Riemen festbinden.»

Also tat er das, mit der Ruderpinne unter dem Arm und der Schot des Segels unter dem Fuß.

«Jetzt», sagte er, «bin ich immer noch ein alter Mann. Aber ich bin nicht unbewaffnet.»

Die Brise war jetzt frisch, und er kam gut voran. Er beobachtete nur den vorderen Teil des Fisches, und ein gut Teil seiner Hoffnung kehrte zurück.

Es ist dumm, nicht zu hoffen, dachte er. Außerdem glaube ich, es ist eine Sünde. Denk nicht an Sünde, dachte er. Du hast jetzt genug Probleme ohne Sünde. Außerdem verstehe ich nichts davon.

Ich verstehe nichts davon, und ich weiß nicht genau, ob ich daran glaube oder nicht. Vielleicht war es eine Sünde, den Fisch zu töten. Wahrscheinlich war es das, obwohl ich es tat, um mein Leben zu fristen und viele Leute damit zu ernähren. Aber dann ist alles eine Sünde. Denk jetzt nicht an Sünde. Dafür ist es viel zu spät, und es gibt Leute, die bezahlt werden, um das zu tun. Die sollen darüber nachdenken. Du bist geboren worden, um ein Fischer zu sein, wie der Fisch geboren wurde, um ein Fisch zu sein. San Pedro war ein Fischer ebenso wie der Vater von dem großen DiMaggio.

Aber er dachte gern über all die Dinge nach, in die er verwickelt war, und da es nichts zum Lesen gab und er kein Radio hatte, dachte er viel, und er dachte weiter über die Sünde nach. Du hast den Fisch nicht nur getötet, um dein Leben zu fristen und um ihn zum Essen zu verkaufen, dachte er. Du hast ihn aus Hochmut getötet, und weil du ein Fischer bist. Du hast ihn geliebt, als er am Leben war, und danach hast du ihn auch geliebt. Wenn du ihn liebst, ist es keine Sünde, ihn zu töten. Oder ist es dadurch schlimmer? «Du denkst zuviel, alter Freund», sagte er laut.

Aber den *dentuso* hast du gern getötet, dachte er. Er lebt von den lebenden Fischen wie du. Er ist kein Aasgeier oder einfach ein schwimmender Hunger wie mancher Hai. Er ist wunderschön und edel und hat vor nichts Angst.

«Ich habe ihn in Notwehr getötet», sagte der alte Mann laut. «Und ich habe ihn gut getötet.»

Außerdem, dachte er, tötet alles auf irgendeine Art alles andere. Fischen tötet mich und erhält mich auch am Leben. Der Junge erhält mich am Leben, dachte er. Ich darf mir nicht zuviel vormachen.

Er lehnte sich über Bord und riß ein Stück von dem Fischfleisch los, wo der Hai hineingestoßen hatte. Er kaute es und bemerkte die Qualität und den feinen Geschmack. Es war fest und saftig wie

Fleisch, aber es war nicht rot. Es war nicht zähfaserig, und er wußte, daß es den höchsten Preis auf dem Markt erzielen würde. Aber es gab kein Mittel, seinen Geruch vom Wasser fernzuhalten, und der alte Mann wußte, daß eine sehr schlimme Zeit bevorstand.

Die Brise war stetig. Sie hatte ein wenig weiter nach Nordost gedreht, und er wußte, dies hieß, daß sie nicht abflauen würde. Der alte Mann blickte in die Weite vor sich, aber er konnte kein Segel sehen noch konnte er den Rumpf oder den Rauch irgendeines Dampfers erblicken. Es gab nichts als die fliegenden Fische, die vor seinem Bug aufstiegen und nach beiden Seiten davonsegelten, und die gelben Flecken vom Golftang. Er konnte nicht einmal einen Vogel sehen.

Er war zwei Stunden gesegelt. Er ruhte im Heck und kaute hin und wieder ein Stückchen von dem Fleisch des Marlin und versuchte, sich auszuruhen und bei Kräften zu bleiben, als er den ersten der beiden Haie sah.

«Ay», sagte er laut. Dieses Wort läßt sich nicht übersetzen, und wahrscheinlich ist es einfach ein Geräusch, wie ein Mann es vielleicht unwillkürlich macht, wenn er fühlt, wie der Nagel durch seine Hand hindurch und ins Holz geht.

«*Galanos*», sagte er laut. Er hatte jetzt die zweite Flosse hinter der ersten herankommen sehen und hatte sie durch die braunen, triangelförmigen Flossen und die fegende Bewegung ihres Schwanzes als schaufelnasige Haie identifiziert. Sie hatten die Witterung aufgenommen und waren aufgeregt, und dumm vor Hunger verloren und fanden sie die Spur in ihrer Aufregung. Aber sie kamen die ganze Zeit über näher.

Der alte Mann machte die Schot fest und klemmte die Ruderpinne ein. Dann nahm er den Riemen hoch, an dem das Messer festgebunden war. Er hob ihn so leicht an, wie er konnte, weil seine Hände sich gegen die Schmerzen auflehnten. Er ließ ihn los und umschloß ihn leicht, um sie geschmeidig zu machen. Dann schloß er die Hände ganz fest um den Riemen, damit sie jetzt den Schmerz ertrugen und nicht nachher davor zurückzucken würden, und beobachtete, wie die Haie näher kamen. Jetzt konnte er ihre breiten, abgeflachten, schaufelförmigen Köpfe sehen und ihre breiten, weißendigen Brustflossen. Es waren widerliche Haifische, schlecht riechend, Aasgeier sowohl wie Killer, und wenn sie hungrig waren, würden sie nach einem Riemen oder nach dem Ruder eines Bootes schnappen. Dies war die

Sorte Haie, die die Beine und Flossen der Schildkröten absäbelten, wenn die Schildkröten an der Oberfläche schliefen, und sie würden, wenn sie hungrig waren, einen Menschen im Wasser anfallen, selbst wenn er keinerlei Geruch von Fischblut oder Fischschleim an sich hatte.

«*Ay*», sagte der alte Mann. «*Galanos*, los, komm, *galanos*.» Sie kamen. Aber sie kamen nicht, wie der Mako gekommen war. Der eine wendete und verschwand unter dem Boot, und der alte Mann konnte das Boot erbeben fühlen, während er an dem Fisch zerrte und riß. Der andere beobachtete mit seinen geschlitzten gelben Augen den alten Mann und näherte sich dann schnell mit seinen halbkreisförmigen, weit aufgerissenen Kiefern, um den Fisch dort anzufallen, wo er bereits zerbissen war. Die Linie zeigte sich deutlich oben auf seinem braunen Kopf und Rücken, wo das Gehirn ins Rückenmark übergeht, und der alte Mann stieß das Messer an dem Riemen in die Stelle, zog es heraus und stieß es von neuem hinein in die gelben, katzenartigen Augen des Hais. Der Hai ließ den Fisch los und glitt hinunter und verschlang, während er starb, was er abgefetzt hatte. Das Boot schütterte immer noch, da der andere Hai den Fisch weiter zerstörte, und der alte Mann machte die Schot los, damit das Boot quer schwang, um den Hai darunter hervorzubringen. Als er den Hai sah, lehnte er sich über Bord und stieß nach ihm. Er traf nur Fleisch, und die Haut war hart gespannt, und er kriegte kaum das Messer hinein. Der Stoß tat nicht nur seinen Händen weh, sondern auch seiner Schulter. Aber der Hai kam schnell heran mit dem Kopf über Wasser, und der alte Mann traf ihn direkt mitten auf seinen abgeflachten Schädel, als sein Maul aus dem Wasser kam und den Fisch berührte. Der alte Mann zog die Klinge zurück und stieß sie noch einmal genau in die gleiche Stelle. Der Hai hing noch immer mit festgebissenen Kiefern an dem Fisch, und der alte Mann durchbohrte sein linkes Auge. Der Hai hing immer noch da.

«Nein?» sagte der alte Mann, und er stieß die Klinge zwischen Wirbelsäule und Schädeldecke. Das war jetzt eine einfache Sache, und er spürte, wie die Knorpel sich spalteten. Der alte Mann drehte den Riemen um und steckte das Blatt zwischen die Kiefer des Hais, um sie aufzubrechen. Er drehte das Blatt hin und her, und als der Hai wegglitt, sagte er: «Los, *galano*, rutsch eine Meile tief runter. Geh, besuch deine Freundin, oder vielleicht ist es deine Mutter.»

Der alte Mann wischte die Klinge des Messers ab und legte den Riemen hin. Dann griff er nach dem Schot, und das Segel füllte sich, und er brachte das Boot auf Kurs.

«Die haben bestimmt ein Viertel von ihm genommen und vom besten Fleisch», sagte er laut. «Ich wünschte, es wäre ein Traum, und ich hätte ihn nie angehakt. Es tut mir leid, Fisch. Dadurch ist alles verdorben.» Er hielt inne und mochte den Fisch jetzt nicht ansehen. Ausgeblutet und gewässert hatte er die Farbe von der Silberschicht eines Spiegels, aber seine Streifen waren noch zu sehen.

«Ich hätte nicht so weit hinausfahren sollen, Fisch», sagte er. «Deinetwegen und meinetwegen. Es tut mir leid, Fisch.»

Jetzt, sagte er zu sich selbst, untersuch mal das Seil am Messer und sieh nach, ob es durchschnitten ist. Dann bring deine Hand in Ordnung, weil noch mehr kommen wird.

«Ich wünschte, ich hätte einen Stein für das Messer», sagte der alte Mann, nachdem er das Seil am Griffende des Riemens untersucht hatte. «Ich hätte einen Stein mitnehmen sollen.» Du hättest eine Menge Dinge mitnehmen sollen, dachte er. Aber du hast sie nicht mit, alter Freund. Jetzt ist keine Zeit, um daran zu denken, was du nicht hast. Denk nach, was du mit dem, was da ist, tun kannst.

«Du gibst mir viele gute Ratschläge», sagte er laut. «Das hab ich satt.»

Er hielt die Ruderpinne unter dem Arm und hielt seine beiden Hände ins Wasser, während das Boot vorwärts fuhr.

«Gott weiß, wieviel dieser letzte genommen hat», sagte er. «Aber das Boot ist jetzt viel leichter.» Er wollte nicht an die verstümmelte Unterseite des Fisches denken. Er wußte, jeder der ruckartigen Stöße des Haies hatte abgerissenes Fleisch bedeutet und daß der Fisch jetzt für alle Haie eine Fährte so breit wie eine Landstraße durch die See zog.

Er war ein Fisch, um einen Mann den ganzen Winter über zu ernähren, dachte er. Denk nicht daran. Ruh dich nur aus und sieh zu, daß du deine Hände wieder in die Reihe kriegst, um das, was von ihm übrig ist, zu verteidigen. Der Blutgeruch von meinen Händen macht jetzt nichts aus mit all der Witterung im Wasser. Außerdem bluten sie auch nicht stark. Es ist nichts Wichtiges zerschnitten. Das Bluten bewahrt die Linke vielleicht vor dem Verkrampfen.

Woran kann ich jetzt denken? dachte er. An

nichts. Ich darf an nichts denken und muß auf die nächsten warten. Ich wünschte, es wäre wirklich ein Traum gewesen, dachte er. Aber wer weiß? Es hätte auch gutgehen können.

Der nächste Hai, der kam, war ein einzelner schaufelnasiger. Er kam wie ein Schwein zum Trog, wenn ein Schwein eine so weite Schnauze hätte, daß man seinen Kopf hineinstecken könnte. Der alte Mann ließ zu, daß er den Fisch anfiel, und stieß dann das Messer am Riemen tief in sein Gehirn. Aber der Hai schnellte rückwärts, als er herüberrollte, und die Messerklinge zerbrach.

Der alte Mann setzte sich zum Steuern zurecht. Er beobachtete nicht einmal, wie der große Hai langsam im Wasser versank, zuerst in Lebensgröße sichtbar war, dann klein und dann winzig wurde. Das faszinierte den alten Mann immer. Aber jetzt beobachtete er es nicht einmal.

«Ich habe noch den Fischhaken», sagte er. «Aber er wird mir nichts nützen. Ich hab die zwei Riemen und die Pinne und die kurze Keule.»

Jetzt haben sie mich untergekriegt, dachte er. Ich bin zu alt, um Haie mit der Keule totzuschlagen. Aber ich will es versuchen, solange ich die Riemen und die kurze Keule und die Pinne habe.

Er hielt die Hände wieder ins Wasser, um sie zu

kühlen. Es war Spätnachmittag geworden, und er sah nichts als die See und den Himmel. Der Wind wehte jetzt stärker als vorher, und er hoffte, daß er bald Land sehen würde.

«Du bist müde, alter Freund», sagte er. «Du bist innendrin müde.» Bis kurz vor Sonnenuntergang griffen ihn die Haie nicht wieder an.

Der alte Mann sah die braunen Flossen die weite Fährte, die der Fisch im Wasser machen mußte, entlangkommen. Sie stöberten nicht einmal nach der Spur. Sie nahmen geraden Kurs auf das Boot zu und schwammen Seite an Seite.

Er klemmte die Ruderpinne ein, machte die Schot fest und langte unter das Heck nach der Keule. Es war ein Riemengriff von einem abgebrochenen Riemen, den man ungefähr auf zweieinhalb Fuß Länge abgesägt hatte. Wegen des Halts am Griff konnte er ihn nur mit einer Hand wirkungsvoll benutzen, und er packte ihn fest mit der rechten Hand und faßte noch einmal nach, während er beobachtete, wie die Haie herankamen. Es waren beides *galanos*.

Ich muß den ersten gut zupacken lassen und ihn auf der Spitze seiner Nase oder direkt über den Schädel hauen, dachte er.

Die beiden Haie kamen zusammen heran, und

als er sah, wie der, der ihm zunächst war, den Rachen aufsperrte und die Zähne in die silberne Seite des Fisches grub, hob er die Keule hoch und ließ sie schwer und krachend auf den breiten Kopf des Haies hinuntersausen. Er fühlte den elastischen Widerstand, als die Keule aufschlug. Aber er fühlte auch die Festigkeit des Knochens, und er traf den Hai noch einmal schwer auf die Spitze seiner Nase, als er von dem Fisch abglitt.

Der andere Hai war dagewesen und wieder fortgeschwommen und kam jetzt mit weitgeöffnetem Rachen von neuem heran. Der alte Mann konnte Fleischstücke von dem Fisch sehen, die weiß aus den Winkeln seines Rachens heraushingen, als er auf den Fisch los ging und die Kiefer schloß. Der alte Mann schlug auf ihn los und traf nur den Kopf, und der Hai blickte ihn an und zerrte das Fleisch los. Der alte Mann schlug noch einmal mit der Keule auf ihn los, als er wegglitt, um es runterzuschlingen, und traf nur etwas Schweres, Festes, Gummiartiges.

«Los, komm, *galano*», sagte der alte Mann. «Los, komm noch mal.»

Der Hai jagte heran, und der alte Mann traf ihn, als er die Kiefer schloß. Er traf ihn mit aller Wucht und von so weit oben, wie er die Keule heben konnte. Diesmal fühlte er den Knochen an der Schädelbasis, und er schlug noch einmal auf dieselbe Stelle, während der Hai leicht betäubt das Fleisch losfetzte und von dem Fisch hinunterglitt.

Der alte Mann wartete darauf, daß er noch einmal kommen würde. Aber keiner der beiden Haie zeigte sich. Dann sah er einen an der Oberfläche kreisen. Die Flosse des anderen sah er nicht.

Ich konnte nicht damit rechnen, sie zu töten, dachte er. Früher hätte ich es gekonnt. Aber ich habe ihnen tüchtig weh getan, und keiner von beiden kann sich sehr wohl fühlen. Wenn ich meinen Schläger mit beiden Händen hätte benutzen können, hätte ich den ersten bestimmt totgeschlagen. Selbst jetzt, dachte er.

Er mochte den Fisch nicht ansehen. Er wußte, daß er zur Hälfte vernichtet war. Die Sonne war untergegangen, während er mit den Haien gekämpft hatte.

«Bald wird es dunkel sein», sagte er. «Dann müßte ich den Lichtschein von Havanna sehen. Wenn ich zu weit ostwärts bin, werde ich das Licht von dem einen oder anderen neuen Strand sehen.»

Ich kann jetzt nicht mehr allzu weit draußen sein, dachte er. Hoffentlich hat sich keiner zu sehr gesorgt. Natürlich ist nur der Junge da, der sich Sorgen machen kann. Aber ich weiß, daß er an mich glaubt. Viele von den älteren Fischern werden sich Sorgen machen. Viele andere auch, dachte er. Ich wohne in einer guten Stadt.

Er konnte nicht mehr mit dem Fisch sprechen, weil der Fisch zu arg verstümmelt war. Dann kam ihm eine Idee.

«Halber Fisch», sagte er, «Fisch, der du gewesen bist. Es tut mir leid, daß ich zu weit hinausgefahren bin. Ich habe uns beide erledigt. Aber wir haben viele Haie getötet, du und ich, und viele andere erledigt. Wie viele hast du im ganzen getötet, Fisch? Du hast das Schwert da an deinem Kopf nicht umsonst.»

Er dachte gern an den Fisch und wie er einen Hai zurichten könnte, wenn er frei umherschwimmen würde. Ich hätte den Schnabel abhacken sollen, um sie damit zu bekämpfen, dachte er. Aber ich hatte keine Axt und kein richtiges Messer.

Aber wenn ich's getan hätte und den Schnabel an einen Riemengriff gebunden hätte, was für eine Waffe! Dann hätten wir sie zusammen bekämpfen können. Was wirst du jetzt tun, wenn sie in der Nacht kommen? Was kannst du tun?

«Sie bekämpfen», sagte er. «Ich werde sie bekämpfen, bis ich tot bin.»

Aber jetzt im Dunkeln und ohne Lichtschein und ohne Lichter und nur mit dem Wind und dem gleichmäßigen Ziehen des Segels hatte er das Gefühl, daß er vielleicht bereits tot sei. Er legte beide Hände aneinander und fühlte seine Handflächen. Sie waren nicht tot, und er konnte einfach, indem er sie öffnete und schloß, den Schmerz des Lebens hervorrufen. Er lehnte den Rücken ins Heck und wußte, daß er nicht tot war. Seine Schultern sagten es ihm.

Ich hab noch all die Gebete, die ich versprochen habe, wenn ich den Fisch fange, dachte er. Aber ich bin zu müde, um sie jetzt zu sagen. Ich hol lieber den Sack und leg ihn mir über die Schultern.

Er lag im Heck und steuerte und wartete darauf, daß sich der Lichtschein am Himmel zeigen würde. – Ich habe die Hälfte von ihm, dachte er. Vielleicht habe ich Glück und bringe die vordere Hälfte nach Hause. Etwas Glück sollte ich haben. Nein, dachte er. Du hast dein Glück verscherzt, als du zu weit hinausgefahren bist.

«Sei nicht albern», sagte er laut, «bleib wach und steuere. Du kannst noch viel Glück haben.

Ich würde gern etwas kaufen, falls es irgendwo verkauft wird», sagte er.

Womit könnte ich es kaufen? fragte er sich selbst. Könnte ich es mit einer verlorenen Harpune und einem zerbrochenen Messer und zwei wunden Händen kaufen?

«Vielleicht», sagte er. «Du hast versucht, es mit vierundachtzig Tagen auf See zu kaufen. Man hat es dir auch beinahe dafür verkauft.»

Ich darf keinen Unsinn denken, dachte er. Glück ist etwas, das in vielen Formen kommt, und wer kann es erkennen? Ich würde jedoch etwas in jeder Form nehmen und bezahlen, was man verlangt. Ich wünschte, ich könnte den Schein der Lichter sehen, dachte er. Ich wünsche zu viele Sachen. Aber das ist die Sache, die ich mir jetzt wünsche. Er versuchte, es sich beim Steuern etwas bequemer zu machen, und durch seine Schmerzen wußte er, daß er nicht tot war.

Er sah den Widerschein von den Lichtern der Stadt, als es wohl so ungefähr zehn Uhr abends sein mußte. Zuerst waren sie nur wahrnehmbar wie die Helle am Himmel, ehe der Mond aufgeht. Dann sah man sie stetig jenseits des Ozeans, der jetzt durch den zunehmenden Wind stürmisch bewegt war. Er steuerte in den Lichtschein hinein und dachte, daß er jetzt bald den Rand des Stromes erreichen müßte. – Jetzt ist es vorbei, dachte er. Sie werden mich vielleicht noch einmal anfallen. Aber was kann ein Mann im Dunkeln ohne Waffe gegen sie tun?

Er war jetzt steif und wund, und seine Verletzungen und all die geschundenen Stellen an seinem Körper schmerzten in der Kälte der Nacht. – Hoffentlich brauche ich nicht noch mal zu kämpfen, dachte er. Ich hoffe so sehr, daß ich nicht noch mal zu kämpfen brauche.

Aber um Mitternacht kämpfte er, und diesmal wußte er, daß der Kampf zwecklos war. Sie kamen in einem Rudel, und er konnte nur die Linien sehen, die ihre Flossen im Wasser machten, und ihr Phosphoreszieren, als sie sich auf den Fisch stürzten. Er schlug mit seiner Keule auf Köpfe ein und hörte ihre Kiefer zuhacken und spürte das Beben des Bootes, als sie sich festbissen. Er schlug mit seiner Keule verzweifelt auf das los, was er nur hören und fühlen konnte, und er fühlte, wie etwas die Keule packte und sie weg war.

Er zerrte die Pinne vom Ruder und schlug und hackte mit ihr drauflos, hielt sie in beiden Händen und ließ sie wieder hinuntersausen. Aber sie kamen jetzt bis zum Bug, und einer nach dem andern und alle zusammen jagten heran und rissen die Fleischstücke los, die sich leuchtend in der See abhoben, als sie wendeten, um zurückzukommen.

Einer stieß schließlich gegen den Kopf selbst, und der alte Mann wußte, daß es nun vorbei war. Er schwang die Pinne über den Schädel des Hais, wo die Kiefer in der Zähigkeit des Fischkopfes, der nicht zerreißen wollte, verfangen waren. Er schwang sie einmal und zweimal und noch einmal. Er hörte, wie die Pinne zerbrach, und er schlug ungestüm mit dem zersplitterten Ende auf den Hai ein. Er fühlte, wie es eindrang, und da er wußte, daß es scharf war, stieß er es zum zweitenmal hinein. Der Hai ließ los und rollte fort. Das war der letzte Hai von dem Rudel, der kam. Es gab nichts mehr für sie zu fressen.

Der alte Mann konnte jetzt kaum atmen, und er hatte einen merkwürdigen Geschmack im Mund. Es war kupferartig und süßlich, und einen Augenblick hatte er Angst davor. Aber es war nicht viel davon.

Er spie in den Ozean und sagte: «Freßt das, *galanos*. Und träumt, daß ihr einen Mann getötet habt.»

Er wußte, daß er jetzt endgültig und unwiderruflich geschlagen war, und er ging ins Heck zurück und fand, daß das zersplitterte Ende der Pinne in die schmale Öffnung des Steuerruders gut genug hineinpaßte, um damit zu steuern. Er legte sich den Sack um die Schultern und brachte das Boot auf seinen Kurs. Er segelte jetzt unbeschwert, und er hatte weder Gedanken noch Gefühle irgendwelcher Art. Nichts ging ihn mehr an, und er segelte das Boot so gut und mit so viel Überlegung, wie er konnte, um seinen Heimathafen anzulaufen. In der Nacht fielen Haie das Gerippe an, wie jemand von einer Tafel Krumen auflesen mag. Der alte Mann kümmerte sich nicht um sie, und kümmerte sich um nichts als sein Steuern. Ihm fiel nur auf, wie leicht und gut das Boot dahinsegelte, jetzt, als kein großes Gewicht an seiner Seite hing. Ein gutes Boot, dachte er. Das ist in Ordnung und hat keinen Schaden erlitten bis auf die Pinne. Die läßt sich leicht ersetzen.

Er konnte spüren, daß er jetzt innerhalb des Stroms war, und er konnte die Lichter der Strandkolonien längs des Ufers sehen. Er wußte jetzt, wo er war, und es war ein leichtes, nach Hause zu kommen.

Wenigstens der Wind ist unser Freund, dachte er. Dann fügte er hinzu, manchmal. Und die große See mit unseren Freunden und unseren Feinden. Und mein Bett, dachte er. Mein Bett ist mein Freund. Ja, mein Bett, dachte er. Das Bett wird wunderbar sein. Es ist einfach, wenn man geschlagen ist, dachte er. Ich wußte niemals, wie einfach es ist. Und was hat dich geschlagen? dachte er. «Nichts», sagte er laut. «Ich bin zu weit hinausgefahren.»

Als er in den kleinen Hafen hineinsegelte, waren die Lichter der *Terrace* aus, und er wußte, daß alle schliefen. Der Wind hatte ständig aufgefrischt und blies jetzt stark. Im Hafen jedoch war es ruhig, und er segelte auf das kleine Stückchen steinigen Strands unter den Felsen hinauf. Es war niemand da, um ihm zu helfen, deshalb stakte er das Boot so weit hinauf, wie er konnte. Dann stieg er aus und machte es an einem Felsblock fest.

Er nahm den Mast heraus und schlug das Segel rum und band es fest. Dann schulterte er den Mast und begann hinaufzuklettern. Da erst wurde ihm die Tiefe seiner Müdigkeit bewußt. Er blieb einen Augenblick stehen und blickte zurück und sah in der Spiegelung der Straßenlaterne den großen Schwanz des Fisches hoch über das Heck des Bootes ragen. Er sah die nackte weiße Linie seines Rückgrats und die dunkle Masse des

Kopfes mit dem hervorstehenden Schnabel und all die Nacktheit dazwischen.

Er begann wieder zu klettern, und oben fiel er hin und lag eine Weile da mit dem Mast über der Schulter. Er versuchte aufzustehen. Aber es war zu schwierig, und er saß da mit dem Mast auf der Schulter und blickte auf die Straße.

Eine Katze kam auf der anderen Seite vorbei und ging ihren Geschäften nach, und der alte Mann beobachtete sie. Dann beobachtete er nur noch die Straße.

Schließlich legte er den Mast hin und stand auf. Er hob den Mast auf und legte ihn sich über die Schulter und machte sich auf den Weg. Er mußte sich fünfmal hinsetzen, ehe er seine Hütte erreichte.

In der Hütte lehnte er den Mast gegen die Wand. Im Dunkeln fand er eine Flasche mit Wasser und trank einen Schluck. Dann legte er sich auf sein Bett. Er zog die Decke über seine Schultern und dann über seinen Rücken und seine Beine, und er schlief mit dem Gesicht auf den Zeitungen, mit ausgestreckten Armen und den Handflächen nach oben.

Er schlief, als der Junge am Morgen zur Tür hereinblickte. Es stürmte so heftig, daß die Treibnetzfischer nicht hinausfahren würden, und der Junge hatte lange geschlafen, und dann war er zur Hütte des alten Mannes gekommen, wie er jeden Morgen gekommen war. Der Junge sah, daß der alte Mann atmete, und dann sah er die Hände des alten Mannes, und er fing an zu weinen. Er ging sehr leise hinaus, um etwas Kaffee zu holen, und auf seinem Weg die ganze Straße hinunter weinte er.

Viele Fischer standen um das Boot herum und besahen sich, was an seiner Seite vertäut war, und einer stand mit aufgerollten Hosen im Wasser und maß das Skelett mit einem Stück Leine.

Der Junge ging nicht hinunter. Er war schon vorher dort gewesen, und einer der Fischer kümmerte sich für ihn um das Boot.

«Wie geht's ihm?» rief einer der Fischer.

«Schläft», antwortete der Junge. Es war ihm gleich, daß sie ihn weinen sahen. «Daß keiner ihn stört.»

«Er war achtzehn Fuß vom Maul bis zum Schwanz», rief der Fischer, der ihn ausmaß.

«Das glaub ich», sagte der Junge. Er ging in die *Terrace* und ließ sich eine Kanne voll Kaffee geben.

«Heiß und mit ordentlich viel Milch und Zukker darin.»

«Noch irgendwas?»

«Nein. Nachher werde ich sehen, was er essen kann.»

«Was das für ein Fisch war», sagte der Besitzer. «Solch einen Fisch hat es überhaupt noch nie gegeben. Das waren auch zwei schöne Fische, die du gestern gefangen hast.»

«Zum Teufel mit meinen Fischen», sagte der Junge. Und er fing wieder an zu weinen.

«Möchtest du irgend etwas trinken?» fragte der Besitzer.

«Nein», sagte der Junge. «Sag ihnen, sie sollen Santiago nicht stören. Ich komm nachher noch mal.»

«Sag ihm, wie leid es mir tut.»

«Danke», sagte der Junge.

Der Junge trug die heiße Kaffeekanne zu der Hütte des alten Mannes hinauf und saß neben ihm, bis er aufwachte. Einmal sah es aus, als ob er aufwachen würde. Aber er fiel wieder in tiefen Schlaf, und der Junge ging quer über die Straße, um sich etwas Holz zu borgen, um den Kaffee aufzuwärmen.

Schließlich wachte der alte Mann auf.

«Setz dich nicht auf», sagte der Junge. «Trink das.» Er goß etwas Kaffee in ein Glas.

Der alte Mann nahm es und trank es.

«Sie haben mich geschlagen, Manolin», sagte er. «Sie haben mich wahrhaftig geschlagen.»

«*Er* hat dich nicht geschlagen. Der Fisch nicht.»

«Nein, wahrhaftig. Es war nachher.»

«Pedrico kümmert sich um das Boot und das Gerät. Was willst du, was soll mit dem Kopf geschehen?»

«Pedrico kann ihn zerhacken und ihn für Fischreusen benutzen.»

«Und das Schwert?»

«Behalt du das, wenn du es haben möchtest.»

«Ich möchte es haben», sagte der Junge. «Jetzt müssen wir unsere Pläne machen wegen der anderen Sache.»

«Hat man nach mir gesucht?»

«Natürlich. Mit Küstenschutz und Flugzeugen.»

«Der Ozean ist sehr groß, und ein Boot ist klein und schwer zu sehen», sagte der alte Mann. Er bemerkte, wie angenehm es war, jemand zum Unterhalten zu haben, anstatt nur mit sich selbst und der See zu reden. «Du hast mir gefehlt», sagte er. «Was hast du gefangen?»

«Am ersten Tag einen, am zweiten Tag einen und am dritten Tag zwei.»

«Sehr gut.»

«Jetzt gehen wir wieder zusammen fischen.»

«Nein. Ich hab kein Glück. Ich habe kein Glück mehr.»

«Zum Teufel mit dem Glück», sagte der Junge. «Ich werde das Glück mitbringen.»

«Was wird deine Familie sagen?»

«Das ist mir gleich. Gestern hab ich zwei gefangen. Aber jetzt fischen wir wieder zusammen, weil ich noch eine Menge zu lernen habe.»

«Wir müssen uns einen guten Speer zum Töten besorgen und ihn immer an Bord haben. Du kannst die Klinge aus einer Blattfeder von einem alten Ford machen. Wir können sie in Guanabacoa schleifen. Sie muß scharf sein und nicht geglüht, damit sie nicht bricht. Mein Messer ist zerbrochen.»

«Ich werde ein neues Messer besorgen und die Feder schleifen lassen. Wie viele Tage wird die schwere *brisa* dauern?»

«Vielleicht drei, vielleicht mehr.»

«Ich werde alles fertig haben», sagte der Junge. «Krieg du deine Hände wieder in Ordnung, Alter.»

«Ich weiß, wie man sie kuriert. In der Nacht hab ich etwas Merkwürdiges ausgespien und hab gefühlt, daß etwas in meiner Brust zerbrochen ist.»

«Krieg das auch wieder in Ordnung», sagte der Junge. «Leg dich hin, Alter, und ich werde dir dein sauberes Hemd holen. Und etwas zu essen.»

«Bring Zeitungen mit von den Tagen, in denen ich weg war», sagte der alte Mann.

«Du mußt schnell gesund werden, denn es gibt viel, was ich lernen muß, und du kannst mir alles beibringen. Hast du viel ausgestanden?»

«Genug», sagte der alte Mann.

«Ich werde das Essen und die Zeitungen holen», sagte der Junge. «Ruh dich gut aus, Alter. Ich bring dir Zeugs aus dem Drugstore für deine Hände mit.»

«Vergiß nicht, Pedrico zu sagen, daß ihm der Kopf gehört.»

«Nein. Ich werde daran denken.»

Als der Junge zur Tür hinausging und den ausgetretenen Korallenfelsweg hinunter, weinte er wieder.

An jenem Nachmittag war eine Touristengesellschaft in der *Terrace*, und als sie zwischen den leeren Bierdosen und toten Barracudas ins Wasser blickte, sah eine Frau eine große lange weiße Wirbelsäule mit einem riesigen Schwanz am

Ende, die sich mit der Flut hob und hin und her schwang, während der Ostwind außerhalb des Hafeneingangs eine hochgehende See aufwühlte.

«Was ist denn das?» fragte sie einen Kellner und zeigte auf das lange Rückgrat des großen Fisches, das jetzt einfach Abfall war und darauf wartete, mit der Ebbe hinausgeschwemmt zu werden.

«Tiburón», sagte der Kellner. «Ein Hai.» Er beabsichtigte hiermit zu erklären, was geschehen war.

«Ich wußte gar nicht, daß Haifische so schöne, wohlgeformte Schwänze haben.»

«Ich auch nicht», sagte ihr männlicher Begleiter.

Der alte Mann in seiner Hütte oben an der Straße schlief wieder. Er schlief immer noch mit dem Gesicht nach unten, und der Junge saß neben ihm und gab auf ihn acht. Der alte Mann schlief und träumte von dem Löwen.